기획자의 생각식당

고민은 들어줄 사람이 있고, 말할 용기만 있다면 대부분 잦아든다.
생각식당은 발생한 문제를 해결하기보다, 발생할 문제를 예방해주는 곳이다.
나는 오늘도 정오가 되면 식당을 찾아 사연을 털어놓는 손님들의 이야기를 듣는다.
따뜻한 식사 한 끼를 대접하면서.

# 기획자의 생각식당

김우정 지음

홍익출판 미디어그룹

# MENU

contents

## 1. 컨셉 브런치

## 2. 통찰력 라테

## 3. 경영의 양식



## 4. 습관의 참맛



## 5. 이름 미식회

# 프롤로그

생각값을 받을 수 있을까?

기획자라면 누구나 한 번쯤 했을 법한 고민이다. 나도 그랬다. 20년 넘는 시간 동안 생각의 값어치를 제대로 받았는지가 궁금해졌다. 많은 프로젝트의 견적서를 쓰면서 느꼈다. 기획비란 높을수록 불리한 항목이었다. 최소 10%는 받자고 다짐하지만, 결국 제로가 되거나 운영비로 쓰이는 경우가 다반사였다. 그래서 실험을 해보기로 했다. 2018년 6월, 그렇게 '생각식당'의 문을 열었다.

아이디어는 간단했다. 사람들은 생각을 주면 보통 돈보다는 밥을 사준다. 그렇다면 내가 밥을 주면 어떨까? 대신 밥값에 생각값을 얹어서 받자. 그래서 생각을 파는 식당, 생각식당이 탄생했다.

메뉴는 단출하게 세 가지로만 준비했다. 60분 통찰력 라테, 90분 컨셉 브런치, 180분 경영의 양식. 나중에 손님들의 요청으로 이름 미식회와 습관의 참맛 메뉴가 추가됐다.

통찰력 라테는 함께 차를 마시면서 내가 공부한 통찰력 훈련 방법을 알려주는 티타임이다. 가격은 7만 7천 원이다. 컨셉 브런치는 90분 동안 함께 점심식사를 하면서 컨셉 상담을 해주는 메뉴로 가격은 11만 원이다. 경영의 양식은 세 시간 동안 저녁을 함께하면서 경영 코칭을 해주는 코스다. 가격은 22만 원이다. 모든 가격은 복채와 변호사 상담비의 중간 정도 수준으로 책정했다.

식당을 꾸미고 메뉴를 만들고 개업 준비를 하던 중, 한 신문사 기자를 만나게 되었다. 준비 과정에 대한 이야기를 들었다며 인터뷰를 하자고 했다. 그렇게 개업 다음 날 신문 인터뷰 기사가 나갔고, 손님들이 몰려들기 시작했다. 곧 입소문이 나면서 라디오, 방송, 다른 언론사들의 인터뷰 요청이 이어졌고 동종업계 지인들로부터 응원의 메시지가 날아들기 시작했다.

벌써 3년이 흘렀다. 지금까지 다녀간 손님의 숫자는 약 300명이 넘는다. 지금도 꾸준히 손님이 오고 있다. 일부 지인들은 생각식당이 나의 본업인 줄 알고 있는 경우도 많다. 생각식당의 상담은 비밀유지를 기본으로 한다. 그래서 이 책에 손님들의 이야기는 담지 않았다. 수많은 손님들의 고민을 들으면서 내가 그들을 돕는 게 아니라 그들이 나를 살리고 있다고 믿는 중이다.

이 책은 식당의 기록이 아니라 나의 공부 기록이다. 2010년 여름, 앞으로 10년간 통찰력을 공부하겠다고 마음먹고 많은 스승을 만나고, 많은 것들을 보고 들으며 나만의 생각법을 만들고 훈련했다. 그동안 외부활동을 자제하면서 훈련한 기록이 이 책의 전부다. 자랑하거나 알리고 싶은 욕심보다, 이제 다른 공부를 위해 과거를 털고 싶은 마음으로 출간을 결심했다.

책이 출간되기까지 많은 분들이 도와주셨다. 나의 창조주 부모님과 영원한 나의 스승인 일란성 쌍둥이 동생 김우재 박사, 그리고 가족들 모두에게 이 책의 영광을 돌린다. 사업 동지 권익주 벡터컴 대표와 직원들께도 감사드린다. 늘 부족한 가장을 응원하는 아내 최윤정과 나의 세 자식 잭, 윌, 스완에게 사랑한다는 말을 전한다.

다시 10년 공부를 시작하며,

김우정 씀.

# 컨셉
# 브런치

01. 생각

生角 / Idea

02. 수

手 / Gambit

03. 운

運 / Fortune

01

# | 생각 |

生
角

Idea

"아들아, 역시 너는 계획이 다 있구나."

– 영화 〈기생충〉의 대사 중에서

세상에 '원래' 그런 것은 없다. 세상의 모든 규칙은 시작과 끝이 있다. 생각은 규칙을 만드는 작업이다. 시작한 것을 끝낼 수 있어야 좋은 생각이다. 생각은 누구나 하지만, 좋은 생각은 아무나 할 수 없다. 좋은 생각은 값이 있고, 가치가 높다.

생각은 한글이다. 한자가 아니다. 그럼에도 이 챕터의 제목에는 생각의 한자를 넣었다. 생각生角은 살아 있는 뿔이라는 의미로 저절로 빠지기 전 잘라낸 뿔을 말한다. 생각은 우리 머릿속에서 살아서 자라는 뿐이다. 그럴듯한 정의다. 누가 이렇게 정한 걸까? 중요하지 않다. 누군가가 주장하고 많은 사람이 인정하면 의미 지어진다.

죽여주는 생각은 역사를 바꾼다. 나관중羅貫中이라는 사람은 600년 전에 살았던 중국의 소금 장사꾼으로, 무시로 찻집을 드나들며 허송세월하던 백수였다. 그러던 그가 재담꾼들이 신나게 이야기보따리를 늘어놓는 '삼국희곡三國喜曲'의 이야기를 달달 외워서 소설로 집필한다.

이 소설이 바로 우리가 잘 아는《삼국지연의三國志演義》이다. 이렇게 우리가 즐겨 읽는 소설《삼국지》는 나관중의 취미로 탄생했다. 우리가 읽은 삼국지는 역사가 아니라 소설이다. 픽션fiction이다. 정확히는 팩션faction이다.

원래《삼국지》는 1,700여 년 전 진나라의 관리였던 진수陳壽가 집필한 중국 삼국시대의 정사였다. 진수는 젊어서는 촉나라의 관리였지만 천하를 통일한 사마염司馬炎이 세운 진나라의 관리가 되었다.

그는 원래 위나라로부터 선양을 받은 진나라의 신하였기 때문에 위나라의 관점에서 삼국지를 기술했다. 그래서 정사《삼국지》의 주인공은 유비, 관우, 장비, 조조, 손권, 제갈량이 아니라 진나라의 사마염이다.

그런데 진수의《삼국지》가 출간된 지 1,100년이 지난 후에 나관중이라는 작가가 기존의 모든 것을 바꾼다. 그건 아무도 상상하지 못했던 일로, 그의 전혀 다른 생각이 사람들의 역사인식을 바꿔버렸다.

유비, 관우, 장비를 주인공으로 내세우고 도원결의라는 드라마를 결합시킨 나관중은 한나라 황실의 후예였던 유비가 한을 계승한다는 명분으로 촉한을 건국했다는 주장의 촉한정통론을 기반으로 구전되던 야사를 결합해서 전혀 다른 역사인식을 만들어낸다.

죽여주는 생각이 세상을 바꾼다. 죽여주는 생각이란 뭘까? 돈이 되는 생각이다. 머릿속에서 자라는 가벼운 뿔 정도가 아니다. 죽여주는 생각은 고객의 지갑에서 저절로 돈이 나오게 만든다.

아이디어를 식사 한 끼 정도로 생각하는 대한민국에서 오직 '생각'만으로 돈을 받는 일. 생각만 해도 죽여주는 일이다. 생각식당은 그런 절실함에서 태어났다. 지금 나는 생각으로 돈을 벌고 있다. 생각식당의 단골도 꽤 많이 생겼다.

생각은 보이지 않는다. 절실함을 만나야 비로소 실체가 된다. 제임스 카메론James Cameron 감독의 〈타이타닉Titanic〉은 2009년까지 무려 12년이나 세계 1위 흥행 영화의 타이틀을 보유하고 있었다. 그리고 12년 만에 〈타이타닉〉의 아성을 무너뜨린 영화가 탄생한다. 그 역시 제임스 카메론이 만든 3D 영화 〈아바타Avatar〉이다.

자신이 자신의 기록을 깼다. 어떻게 저 사람은 저런 일을 두 번씩이나 할 수 있었을까? 죽여주는 생각 때문이다. 그는 〈타이타닉〉이 끝나자마자 〈아바타〉의 시놉시스를 완성했다. 그리고 12년을 준비했다.

왜 12년이나 걸렸을까? 기술이 그의 생각을 따라올 수 없었기 때문이다. 그래서 12년을 기다리며 〈아바타〉의 세계관을 창조했다. 행성 판도라, 나비족, 영혼의 나무, 여신 에이와, 그리고 3D 혁명까지.

이 모든 동력의 시작은 라이벌이었다. 카메론은 〈스타워즈Star Wars〉의 조지 루카스George Lucas와 경쟁했다. 둘의 경쟁은 영화의 역사를 바꾼다. 매튜 맥커너히Matthew McConaughey와 크리스찬 베일Christian Bale이 주연한 2002년 영화 〈레인 오브 파이어Reign of Fire〉를 보면 카메론이 왜 루카스와 경쟁을 했는지를 알 수 있다.

2084년, 핵전쟁으로 파괴된 런던에서 고대의 거대 생명체가 발견된다. 생명체는 도시 전체를 뒤덮을 만큼 거대한 익룡이었다. 이에 맞서는 인간은 나약하기만 했다. 극 중에서 두려움에 떠는 아이들을 위해 어른들은 연극을 공연한다. 연극 제목은 〈스타워즈〉다.

지금부터 백 년 후, 사람들은 〈타이타닉〉과 〈스타워즈〉 중 어떤 영화를 기억할까? 〈레인 오브 파이어〉 영화는 〈스타워즈〉를 선택했다. 제임스 카메론의 〈아바타〉는 이 지점에서 시작됐던 게 아닐까? 백 년 후에도 사람들이 기억하는 영화를 만들어야 한다는 절실함. 나는 그 생각이 〈아바타〉를 탄생시켰다고 믿는다.

생각에는 예술가의 혼이 담겨 있어야 한다. 그래야 값을 받을 수 있다. 예술혼이란 손으로 만질 수 있는 표면적 외형을 추구하는 것이 아니라 보이지 않는 내면의 가치를 추구하는 예술에 대한 정신이다.

그런 의미에서 '예술가'는 자신과 자신의 작품에 완벽을 기하기 위해 수련하는 도인이다. 나의 삶은 유한하지만, 내가 남긴 예술은 무한하다는 믿음과 열정이 바로 예술혼이다.

"오페라의 유령은 실재한다.
당신의 마음속에"

– 뮤지컬 〈오페라의 유령The Phantom of the Opera〉의 가사 중에서

나는 주인공의 운명이 아니다. 나의 직업은 프로듀서다. 프로듀서는 그림자다. 그림자는 주인공을 꿈꾸지 않는다. 그림자는 박수 받는

직업이 아니다. 그림자는 주인공에게 박수 받는 것만으로 충분하다.

카메론 매킨토시Cameron Mackintosh는 세계 4대 뮤지컬의 아버지라 불리는 사람이다. 1946년생인 매킨토시는 20세의 나이에 뮤지컬 프로듀서로 데뷔했다. 흔히 세계 4대 뮤지컬이라 불리는 〈오페라의 유령〉, 〈캣츠Cats〉, 〈레 미제라블Les Misérables〉, 〈미스 사이공Miss Saigon〉은 모두 그의 손을 거친 작품들이다.

매킨토시는 수백 편의 뮤지컬을 제작했고, 그중 단 4편4대 뮤지컬만으로 지금까지 10조 원 가까운 경제적 부가가치를 창출했다. 1995년 문화수출의 공로를 인정받아 엘리자베스 2세 여왕이 직접 수여하는 퀸즈 어워드Queen's Award를 수상했고 1996년에는 기사작위를 수여받았다.

하지만 매킨토시가 위대한 이유는 단지 돈과 명예 때문만은 아니다. 그는 뮤지컬의 기존 질서를 바꾼 사람이다. 1970년대 당시에 영국 사람들은 뮤지컬을 상당히 가벼운 예술로 받아들이고 있었다.

셰익스피어William Shakespeare의 나라인 영국은 연극이라는 전통예술에 심취해 새롭게 등장한 뮤지컬을 예술의 영역으로 받아들이지 않았다. 이런 인식은 영국 출신의 뮤지컬 작곡가들이 뉴욕 브로드웨이에서 활동하게 만드는 결과로 이어졌고, 이후 1981년까지 영국 뮤지컬은 길고 긴 휴지기였다.

이런 시기에 작곡가 앤드류 로이드 웨버Andrew Lloyd Webber와 매킨토시가 만난다. 둘의 만남은 뮤지컬 〈캣츠〉의 성공 신화로 이어진다. 이후 세계 뮤지컬의 본좌라 불리는 미국 브로드웨이는 영국 뮤지컬이 주류를 이루게 된다.

그리고 영국 뮤지컬은 브로드웨이를 거쳐 전 세계 140여 개국으로 팔려나가기 시작한다. 말 그대로 영국 뮤지컬의 황금시대가 열린 것이다. 무려 30년 넘게 이어진 뮤지컬의 르네상스였다.

매킨토시는 이런 성공의 원인을 연극 프로듀서 찰스 코크란Charles Cochran의 자서전《흥행사는 위를 본다Showman Looks On》를 통해 설명한다. 코크란은 그의 자서전에서 젊고 야망 있는 제작자들에게 이렇게 충고한다.

"절대로 관객을 위해 쇼를 올리지 마라. 오히려 항상 너 자신을 위해 올리되, 최선을 다해서 제작해라. 그러면 아마 관객이 보러 올 것이다."

이 말은 매킨토시가 공연을 만드는 좌우명이기도 했다. 나도 내가 만족하지 못하는 생각은 만들지도 팔지도 않는다. 내 심장을 터지게 만드는 생각만을 최선을 다해 만든다. 그러면 손님들이 파도처럼 몰려올 것이라고 믿는다. 생각식당에서 나는 목숨을 걸고 내가 만족하는 생각을 만든다.

"실제로 죽은 건 나고, 산 자는 그들입니다.
죽은 자의 정신은 산 자의 기억 속에
남아 있기 때문입니다."

– 영화 〈미션The Mission〉의 대사 중에서

나는 영화를 만든다. 나의 영화는 극장을 넘어 이제 모든 스크린을 향한다. 영화는 생각의 실체라고 본다. 생각을 가장 잘 펼쳐놓을 수 있는 결정체라고도 여긴다.

나는 〈스타워즈〉를 보며 영화를 꿈꿨다. 당시 5살 어린아이였던 나의 눈에 처음 들어온 〈스타워즈〉는 놀라움 그 자체였다. 〈스타워즈〉를 넘자고 결심했다. 그리고 40년 동안 단 한 번도 이 꿈을 놓은 적이 없다. 영화는 내가 생각을 펼치는 캔버스이자 전쟁터이고, 내가 아이의 동심으로 돌아갈 수 있는 비상구다.

1975년 세계 최초의 블록버스터 영화가 개봉했다. 당시 신인 감독에 불과했던 스티븐 스필버그Steven Spielberg가 연출한 〈죠스Jaws〉였다. 죠스는 미국 최초로 1억 달러 이상의 흥행 수입을 올린다.

이후 블록버스터는 북미 지역에서 연 1억 달러 이상, 세계적으로는 4억 달러 이상의 매표 매출을 올린 영화를 지칭하는 대명사가 된다. 원래 블록버스터는 제2차 세계대전에서 독일을 폭격한 4.5톤짜리 폭탄의 이름이었다.

최초의 블록버스터 영화는 〈죠스〉였지만 블록버스터라는 용어를 정착시킨 작품은 조지 루카스의 〈스타워즈〉다. 〈죠스〉보다 2년 늦게 개봉한 〈스타워즈〉는 〈죠스〉를 능가하는 1억 8천만 달러의 매출을 기록하며 세계 영화사의 흐름을 바꿨다.

〈죠스〉와 〈스타워즈〉 이후, 미국의 메이저 제작사들은 블록버스터 제작에 앞다투어 뛰어든다. 이런 영화 자본의 흐름을 타고 루카스는 1980년과 1983년에 연이어 〈스타워즈〉 시리즈 2편을 세상에 선보인다. 최초의 블록버스터 시리즈 영화인 〈스타워즈 오리지널 3부작〉은 그렇게 탄생했다.

〈스타워즈〉 시리즈 이후 15년은 할리우드 블록버스터의 황금기였다. 지금 극장에서 보는 거의 모든 상업영화의 포맷이 이 시기에 완성된다. 그리고 1997년 겨울, 나의 24번째 생일날 이 황금기의 종결자가 탄생한다. 바로 제임스 카메론의 대작 〈타이타닉〉이다.

〈타이타닉〉은 그 어떤 블록버스터와도 비교를 거부했다. 제작비와 매출의 규모도 기존의 모든 기록을 갈아치웠다. 이후 12년간 〈타이타닉〉의 영광은 21세기 신新 블록버스터의 시초라 불리는 영화 〈아바타〉가 등장할 때까지 계속된다. 그리고 지금은 다시 마블Marvel과 〈어벤저스The Avengers〉의 시대다. 〈어벤저스〉 시리즈가 영화의 모든 기록을 갈아치우고 있다.

생각의 경쟁은 돌고 돈다. 이기고 지고, 다시 이기고. 하지만 피 흘리는 사람은 없다. 지켜보는 사람들의 심장을 뛰게 만들 뿐이다.

1990년 3월 26일, 80세의 동양인이 미국 아카데미 시상식장에 모습을 드러낸다. 그를 양 옆에서 부축하고 있는 두 사람은 조지 루카스와 스티븐 스필버그였다. 미국 블록버스터의 양대 산맥이라고 불리는 거장들이 저렇게 극진하게 모시는 사람. 그는 도대체 누굴까? 그는 바로 일본의 위대한 영화감독 구로사와 아키라黒沢明였다.

그는 '영화의 스승'이라 불리는 사람으로, 일본과 서구의 양식을 융합한 천재였다. 그는 가부키 등 일본의 전통예술을 영화를 통해 서

구에 널리 알렸다. 대표작은 〈라쇼몽羅生門〉, 〈7인의 사무라이七人の侍〉, 〈살다生きる〉 등 헤아릴 수 없을 정도로 많다.

구로사와 감독 특유의 화면 속의 운동감, 회화적인 색채감과 뛰어난 구조화 또한 적절한 몽타주, 롱테이크를 통해 관객들의 몰입도를 높이는 기법 등이 미국의 영화인들에게 큰 영향을 미쳤다.

구로사와의 영화에 영향을 받은 미국의 영화감독은 루카스와 스필버그뿐만이 아니다. 〈대부Godfather〉의 프란시스 포드 코폴라Francis Ford Coppola, 〈택시 드라이버Taxi Driver〉의 마틴 스콜세지Martin Scorsese, 명배우 클린트 이스트우드Clint Eastwood 등이 그를 스승으로 모신다. 마틴 스콜세지의 경우 구로사와 감독의 영화에 화가로 출연할 정도로 열렬한 팬이었다.

그럼, 구로사와 아키라의 스승은 누구일까? 1910년에 태어난 구로사와는 도스토예프스키, 톨스토이 등 러시아 문학을 탐닉했다. 이후 미국 서부영화의 일인자라고 불리는 존 포드John Ford 감독의 영향으로 〈밑바닥どん底〉 등의 문예영화와 〈7인의 사무라이〉 같은 시대극을 연출한다.

러시아와 미국의 영향으로 거장에 오른 동양인 감독, 그리고 이 동양인 감독의 영향을 받아 거장이 된 조지 루카스와 스티븐 스필버그는 동서양의 문화가 마찰 하나 없이 섞이고 다시 태어난 케이스다. 이처럼 영화의 생각에는 국경이 없다. 생각은 내가 죽는 순간 사라질 것이다. 하지만 영화는 영원히 남는다.

옛날 로마에서는 원정에서 승리를 거두고 개선하는 장군이 시가행진을 할 때 노예를 시켜 행렬 뒤에서 '메멘토 모리Memento Mori'를 큰소리로 외치게 했다. 라틴어로 '죽음을 기억하라'는 뜻이다. 이는 '당신이 오늘은 개선장군이지만 당신도 언젠가는 죽는다. 그러니 겸손하게 행동하라'는 의미를 담은 의식이다.

내 생각도 이와 같다. 나는 어떻게 살지보다 어떻게 죽을지를 고민하며 산다. 모두가 살기 위해 노력할 때, 죽음을 생각하며 사는 사람이야말로 위대한 성취를 이룰 수 있다고 믿는다.

생각식당은 나의 생업이다. 목숨을 걸고 생각을 만드는 작업장이다.

사람들이 묻는다. 생각에 값을 받는 일은 사기 아니냐고. 그렇게 생각한다면 내 생각을 묻지 않으면 된다. 생각은 설득하는 일도, 증명하는 일도 아니다. 나에게 생각은 에너지다. 그래서 유한하고 값어치가 있다.

지금까지 누구도 생각값을 받을 생각을 하지 않았다. 내가 먼저 시작했을 뿐이다. 지금까지 생각식당에는 300분의 손님이 다녀가셨다. 모두 가격을 지불했다. 손님들이 지불한 가격이 아깝지 않다고 생각하면 사업이 된다. 그렇게 난 생각으로 돈을 번다.

'원래부터 그런 것'은 없다. 그런 믿음에서 새로운 생각이 싹튼다. 혁신가는 이런 생각이 습관인 사람이다. 좋은 기획자는 타고나는 게 아니라 끊임없이 좋은 습관을 만드는 사람이다.

02

# |수|

## 手

Gambit

"최고의 밑에서 최고가 된다."

– 영화 〈악마는 프라다를 입는다The Devil Wears Prada〉의 대사 중에서

수가 높은 사람을 '고수'라고 부른다. 고수의 반대는 하수다. 하수는 신의 한 수를 꿈꾸지만, 고수는 신의 한 수를 믿지 않는다. 신의 한 수는 우연이다. 고수는 우연을 믿지 않는다. 고수는 의도를 가지고 인연을 기다린다. 신의 한 수는 말 그대로 인간의 영역이 아니라 신의 영역이다.

수는 포석布石이다. 포석이란 상대의 움직임에 대응하면서 행동을 예측하는 일부터, 상수를 계산하고 변수를 예상하는 모든 과정이다. 수가 많은 사람이 경쟁에서 유리하다. 고수는 무리수를 두지 않는다.

수는 집중이다. 고수는 한 수 한 수에 정성을 다한다. 지금 두는 한 수가 모든 승부의 변곡점이 될 수 있기 때문이다.

위인전을 읽었다고 모두 위인이 되는 것이 아니고, 훌륭한 사람을 안다고 내가 훌륭한 사람이 된다는 보장은 없다. '생존 편향 survivorship bias'이란 시스템적으로 성공의 개연성을 과대평가하는 개념을 말한다. 현실에서 성공하는 경우는 극히 드물지만 극소수의 성공 사례만 수면 위로 떠오르기 때문에 대중들은 생존한 정보만을 가지고 잘못된 판단을 하게 된다는 이론이다.

2차 세계대전 때 독일군의 지상 병기로 인해 영국 전투기들의 피해가 커지자 영국군은 무사 귀환한 비행기들의 총탄 흔적을 분석해 방어기제를 강화했다.

그러나 결과는 대실패였다. 돌아온 전투기가 아니라 추락한 전투기를 분석해서 어느 부분이 약한지 보강해야 했는데, 오히려 생존해서 돌아온 전투기의 멀쩡한 부위를 쓸데없이 더 강화했으니 말이다. 분석의 대상부터가 틀렸던 것이다.

성공의 비법은 모두 허구다. 성공한 사람들은 자신의 성공사례만을 기준으로 비법을 꾸민다. 하지만 한 분야의 성공 기준을 다른 분야에 접목해서 성공할 수 있는 확률은 높지 않다. 비법에는 운이라는 달콤한 함정이 도사리고 있다. 대부분의 성공은 운이 따라줘야 가능하다. 좋은 수는 성공의 비법이 아니라, 실패를 하지 않는 방법이다.

"원래 하수가 걱정이 많지.
고수에겐 놀이터가 하수에겐 생지옥이지."

– 영화 〈신의 한 수〉의 대사 중에서

수는 불가능을 가능으로 바꾸는 기술이다. 아디다스Adidas의 경쟁 상대는 나이키Nike다. 아디다스는 1924년 독일에서 설립됐고, 나이키는 1964년 미국에서 설립됐다. 두 회사는 60년 넘게 세계 스포츠 시장을 두고 경쟁하는 전통의 라이벌이다. 후발주자인 나이키는 아디다스를 이기기 위해 무수하게 많은 수를 써왔다.

20세기 초반까지 세계 스포츠 시장의 맹주는 아디다스였다. 그런데 미국에서 나이키라는 기업이 설립된 후 판세가 바뀌기 시작했다. 나이키는 설립 후 30년 동안 빠른 속도로 성장했다. 북미와 남미, 아시아와 아프리카 시장을 차례로 석권하면서 아디다스의 강력한 라이벌로 자리 잡는다.

하지만 이런 나이키도 넘기 힘든 산이 있었다. 바로 아디다스가 70년 동안 지배하고 있는 유럽시장이었다. 절묘한 수가 필요했다.

아디다스는 유럽인들에게는 스포츠의 상징 같은 존재였다. 유럽시장은 미국에서 태어난 나이키가 감히 뚫고 들어갈 수 없는 견고한 성채였다. 그럼에도 불구하고 나이키에게는 두려움이 없었다. 아디다스는 언젠가는 넘어야 할 산이었다. 나이키는 창립 30주년이 되던 1994년, 드디어 유럽시장 진출을 선언한다.

1994년 독일에서 세계 마라톤 대회가 열린다. 독일은 아디다스의 안방이었다. 나이키는 적진 한가운데서 싸우는 정면승부 전략을 선택한다. 대회 공식 스폰서 타이틀을 획득하고 출전 선수 2만 명 중 상위 100위 안에 드는 모든 선수를 후원하기로 계약한다. 아디다스 입장에서는 이미 안방을 내어준 꼴이었다.

아디다스의 구성원들 모두가 절망하고 있던 그때, 30대 초반의 마케팅 매니저 2명이 사장실을 찾아간다. 그들 손에는 두꺼운 서류 뭉치가 들려 있었다. 이미 패색이 짙은 상황, 사장의 얼굴은 창백했다.

좌절하고 있는 사장에게 매니저들은 제안한다.

"사장님, 지금 우리가 이러고 있을 때가 아닙니다. 나이키는 마라톤의 본질을 잘못 알고 있습니다!"

사장은 머리를 갸웃하며 마라톤의 본질이 뭐냐고 물었다.

"사장님, 마라톤이 어떻게 태어난 스포츠입니까? 2,500년 전 페르시아 군에 맞서 싸운 그리스 연합군의 승전 소식을 전하기 위해 한 병사가 마라톤 평원을 달려 승전보를 전하고 죽은 것을 기리기 위해 만들어진 게 마라톤 아닙니까?"

사장도 이미 알고 있는 내용이었다. 그게 왜 중요하냐고 다시 물었다.

"사장님, 그때 그 병사가 혼자 뛰었습니까? 함께 뛰었습니까? 마라톤은 타인과의 승부가 아니라 자신과의 싸움입니다."

사장의 눈빛이 살짝 바뀌었다. 하지만 아직도 그게 왜 중요한지 이해가 되지 않았다. 그때 매니저들이 준비해온 서류 뭉치를 책상에 내려놓으며 말했다.

"사장님, 저희가 출전 선수 2만 명을 전부 분석했습니다. 그리고 이 선수를 찾아냈습니다."

매니저들은 사장에게 그 선수의 프로필을 보여준다. 그는 출전 선수 중에서 가장 나이가 많은 사람이었다. 당시 50세가 넘었고, 평균 기록은 4시간 후반대였다.

"이 사람을 아디다스의 모델로 쓰고 싶습니다!"

매니저들은 이 사람이야말로 마라톤을 '자신과의 승부'라고 생각하는 '새로운 마라톤의 상징'과도 같은 존재라 믿었다. 그가 우승을 위해 대회에 출전했을 리가 만무했기 때문이다. 결국 사장을 설득한 매니저들은 그를 찾아가 아디다스의 모델이 되어달라고 설득한다. 그는 흔쾌히 아디다스의 제안을 수락한다.

마라톤 대회가 열리기 하루 전, 아디다스는 그의 프로필 사진에 로고만 넣은 티저광고를 유럽의 모든 스포츠 신문에 전면광고로 내보낸다. 반응은 무관심 그 자체였다. 그가 유명 선수도 아니고, 광고엔 어떤 메시지도 없었기 때문이다.

결국 대회가 시작된다. 결과는 나이키의 완벽한 승리였다. 나이키가 후원했던 선수들이 대부분 우승하고, 텔레비전은 나이키의 로고로 도배되기 시작했다. 아디다스의 모델이었던 사람은 평소 기록보다도 늦은 5시간을 겨우 넘기며 결승선을 통과한다.

아디다스는 결승선을 통과하는 그의 사진을 찍는다. 그리고 경기 다음 날, 다시 유럽의 모든 스포츠 신문에 전면광고를 내보낸다. 이 광고에는 완주하는 그 선수의 사진과 함께 이런 메시지가 적혀 있었다.

"마라톤은 타인과의 싸움이 아니라 자신과의 싸움입니다. 저 옛날 홀로 마라톤 평원을 달려 승전보를 전했던 페이디피데스Pheidippides의 죽음처럼 우리는 자신과의 경쟁에서 승리한 이분을 응원합니다. 그것이 바로 스포츠의 정신이기 때문입니다. 스포츠는 살아 있다, 아디다스."

이 광고가 바로 세계 최초의 마케팅 캠페인이라고 일컬어지는 '스포츠는 살아 있다Sports is alive'였다. 이 캠페인 이후 아디다스는 지금까지 나이키로부터 유럽시장을 방어하고 있다.

아디다스의 전략은 소비자들에게 스포츠의 개념을 양분시켰다. 세상에는 2개의 스포츠 콘셉트가 있을 뿐이다. '타인과 승부하는 나이키'와 '자신과 승부하는 아디다스'가 그것이다.

우리가 잘 알고 있는 '불가능, 그것은 아무것도 아니다Impossible is nothing' 캠페인도 바로 '스포츠는 살아 있다' 캠페인에서 출발했다. 문장만 바뀌었을 뿐, 스포츠를 바라보는 관점은 바뀌지 않았다. 아디다스에게 스포츠란 영원히 '자신과의 싸움'이다.

아디다스가 보여준 신의 한 수는 어느 날 갑자기 하늘에서 뚝 떨어진 행운이 아니다. 70년 넘게 소비자를 관찰하면서 스포츠 마케팅을 혁신해온 의도된 인연이었다. 수는 인간의 정성이다.

"왕을 가지고 노는 거야."

– 영화 〈왕의 남자〉의 대사 중에서

수가 높은 사람이 판을 키운다. 고수는 왕을 가지고 놀 수도 있고, 세상을 뒤집을 수도 있다. 고수는 큰 판을 좋아한다. 큰 판은 역사에 기록된다. 역사에 기록되면 영원히 기억된다. 고수는 세상을 가지고 논다.

2018 평창 동계올림픽 개막식은 큰 판이었다. 외신의 호평이 끝없이 이어졌다. 개막식은 역사에 기록됐다. 개막식의 총감독은 송승환이다. 총감독의 역할은 연출이 아니라 총괄 프로듀서다. 무대 연출을 책임지는 사람이 아니라 행사의 예산을 관장하고 모든 인력의 갈등을 조정하는 총사령관이다.

송승환 대표는 1965년 KBS 아역 배우로 데뷔했다. 1969년 KBS 〈알개전〉을 시작으로, 1970년대 하이틴 스타에 등극한다.

송승환은 이후 〈젊음의 행진〉이라는 프로의 MC로 인기를 얻으면서 쇼 프로그램 사회자로 명성을 얻는다. 이후 송승환은 1997년 비언어극 〈난타〉로 일약 스타 공연기획자로 발돋움한다. 〈난타〉는 지금까지 43개국에서 46,000회 이상 공연됐다.

그런 송승환 대표가 새로운 판에 도전했다. 평창 동계올림픽이라는 큰 판이었다. 송승환 총감독이 밝힌 개·폐회식 예산은 668억 원이었다. 당초 529억 원으로 책정됐다가 대회 개막이 임박해서 139억 원을 급하게 증액한 것이다. 그리고 개막식이 성공적으로 끝났다.

개막식이 모두 끝나고, 관중석마다 설치된 발광다이오드에선 영화의 엔딩 크레딧처럼 출연진들의 이름이 하나하나 등장했다. 송승환 총감독이 수고한 출연자들을 위해 준비한 깜짝 이벤트였다. 사람들의 눈망울이 빛났다. 평창 개막식은 세상에서 가장 따뜻한 큰 판이었다.

2002년 월드컵은 88올림픽 이후 대한민국의 가장 큰 무대였다. 당시 나는 사회생활 3년 차였다. 당시 월드컵은 세상에서 가장 큰 마케팅의 무대였다. 젊은 마음에 그 판에 끼고 싶었다. 마침 친한 후배가 개막식 준비위원회에 들어갔다는 소식을 들었다. 무조건 찾아갔다. 당시 우리 회사는 박물관 문화상품을 개발하고 있었다. 큰 연결고리가 보이지 않았다.

하지만 포기하지 않았다. 몇 번의 미팅이 계속되었다. 어느 날, 전화가 왔다. 혹시 우리 회사에서 관객참여형 상품을 기획할 수 있느냐는 문의였다. 월드컵 개막식 관객은 7만 명이다. 매우 큰 판이었다. 삼성동에서 상암동까지 한걸음에 달려갔다. 당시 총연출을 맡았던 손진책 감독의 아이디어였다. 관객 7만 명까지 함께 참여하는 개막식을 만들고 싶어 했다.

특별한 소품이 필요했다. 단순하지만 매력적이어야 했다. 빛과 소리를 표현해야 했다. 수량은 7만 개. 준비위원회가 제안한 소품은 전통악기인 소고小鼓였다. 그런데 소고는 타악기다. 그 기능만으로는 총연출의 의도를 표현하기 힘들었다. 회사로 돌아와 디자이너와 밤을 새우며 의논했다. 그리고 도안을 만들었다. 결과적으로 준비위원회는 매우 만족했다.

아이디어는 간단했다. 소고의 원래 모양은 유지한다. 소고에는 전통문양인 수막새 무늬를 넣는다. 소고의 가장 위에는 전구를 넣어 빛을 표현한다. 소고의 손잡이는 분리하면 피리가 된다. 다양한 빛과 소리를 표현하면서 전통의 품위도 지키는 소품이었다. 납품은 쉽지 않았지만 잘 끝났다. 개막식이 시작됐다. 7만 개의 소고가 하나의 소리로 빛났다. 수가 빛나는 밤이었다.

고수는 까불지 않는다. 얕은 지식과 경험을 섣불리 자랑하지 않는다. 진짜 고수는 기회를 기다린다. 마침내 기회가 왔을 때 순식간에 먹잇감을 잡아챈다.

03

# |운|

運

Fortune

"행운은 준비된 사람에게만 찾아와."

– 애니메이션 〈인크레더블The Incredibles〉의 대사 중에서

운은 움직인다. 운은 보이지 않는다. 그래서 운은 쉽게 잡히지 않는다. 운은 스스로 찾아온다. 운은 준비된 사람에게 찾아온다. 그래서 준비된 사람만이 운을 잡을 수 있다.

미국의 애니메이션 스튜디오 픽사Pixar는 세계에서 제일 멋진 스토리텔링 기업이다. 회사는 미국 캘리포니아 에머리빌에 위치하고 있다. 현재의 사장은 에드윈 캣멀Edwin Catmull이다.

픽사는 애니메이션 제작사로 유명하지만, 사실 컴퓨터 그래픽 기

술의 태동기부터 기술 발전을 주도해온 선구자였다. CG업계에서 가장 널리 쓰이는 렌더링* 소프트웨어 '렌더맨RenderMan'을 개발했다.

픽사의 전신은 조지 루카스가 설립한 영화 & TV 제작사인 '루카스 필름Lucasfilm'의 컴퓨터 그래픽 부서였다. 조지 루카스가 갑작스러운 이혼 소송에 휘말리며 급전이 필요해지자 이 부서를 스티브 잡스에게 1,000만 달러에 매각했다. 1986년 스티브 잡스Steve Jobs는 이 회사의 이름을 '픽사'라고 지었다.

사실 스티브 잡스는 픽사의 컴퓨터 하드웨어에 주목했었다. 렌더링 소프트웨어와 3D 애니메이션도 훌륭하지만 픽사의 3D 애니메이션은 하드웨어와 소프트웨어를 홍보하기 위한 수단일 뿐이라고 믿었다. 그는 픽사의 하드웨어 제품인 '픽사 이미지 컴퓨터'에서 수익이 날 것으로 예상했다. 물론 이 계획은 철저하게 실패로 끝난다. 하지만 이 실패 속에서 운이 찾아왔다.

픽사 이미지 컴퓨터 홍보를 위해 픽사는 짧은 애니메이션 필름을 제작했다. 제목은 〈룩소 주니어Luxo.Jr〉였다. 이 애니메이션은 학회에서 최우수상을 받으면서 아카데미 시상식 후보에까지 올랐다. 스티

* 렌더링Rendering은 2차원의 화상에 광원·위치·색상 등 외부의 정보를 고려하여 사실감을 불어넣어, 3차원 화상을 만드는 과정을 뜻하는 컴퓨터그래픽(스) 용어이다.

브 잡스는 기술과 예술이 합쳐진 3D 애니메이션에 매료되어 수익과는 상관없이 1년에 한 편씩 애니메이션을 만들도록 지원했다.

그럼에도 픽사의 재정은 나아지지 않았다. 하지만 잡스는 준비를 멈추지 않았다. 1988년 잡스는 30만 달러의 자비를 지원해 애니메이션 〈틴 토이Tin Toy〉를 제작한다. 살아 움직이는 장난감과 아기의 이야기를 다룬 〈틴 토이〉는 컴퓨터로 제작된 영화 중 최초로 아카데미 단편영화상을 수상한다.

그 후에도 잡스는 9년 동안 자비로 약 5,000만 달러를 픽사에 투자했다. 애플Apple에서 현금화한 돈의 절반 이상이었다. 그는 의기소침해진 직원들에게 이렇게 말했다.

"미국 영화산업에는 두 개의 브랜드만 존재합니다. 디즈니Disney와 스티브 스필버그죠. 나는 픽사를 세 번째 브랜드로 만들고 싶습니다. 성공적인 브랜드는 제품에 대한 소비자들의 긍정적인 경험이 필요합니다. 경험은 시간이 지나면서 얻어지는 신뢰의 반영입니다. 미국의 부모들은 디즈니의 훌륭한 애니메이션 영화를 통해 만족스럽고 적절한 엔터테인먼트를 제공받았다고 믿습니다. 이렇게 형성된 신뢰는 부모들과 디즈니 모두에게 이익이 됩니다. 이렇게 만들어진 디즈니라는 브랜드는 그들의 새 영화에 관객들을 더 쉽고 확실하게 끌어들이는 힘이 되었습니다. 나는 시간이 지나면 픽사가 디즈니와 같은 수준의 신뢰를 상징하는 브랜드로 성장할 것이라고 믿습니다."

이후 픽사는 무려 9년을 준비했다. 컴퓨터로만 제작한 극장용 장편 애니메이션을 만들어 미국의 세 번째 대표 브랜드가 되겠다는 원대한 준비였다. 대운은 1995년 갑자기 찾아왔다. 픽사는 디즈니와 손잡고 〈토이 스토리Toy Story〉를 제작하기 시작했다. 픽사의 첫 장편 애니메이션이었다. 작품의 제작이 구체화될수록 잡스는 성공을 확신했다. 뭔가 엄청난 일이 벌어질 것이라는 확신이 들었다. 잡스는 〈토이 스토리〉 개봉에 맞춰 주식 공개를 결심한다.

계속 적자를 보던 회사가 주식을 공개하겠다는 건 정신 나간 소리였다. 하지만 잡스의 예감은 적중했다. 1995년 11월 22일 〈토이 스토리〉가 공개되자 시장은 요동쳤다.

엄청난 흥행 수익에 평단의 극찬까지 받은 〈토이 스토리〉는 미국에서만 1억 9,200만 달러, 해외에서 3억 5,700만 달러를 벌어 그해 가장 많은 수익을 올린 영화가 됐다. 그리고 11월 29일 기업 공개일이 되자 주식은 주당 39달러에 팔렸고 픽사는 1억 3,970만 달러의 자금을 확보했다. 대성공이었다.

## "포스가 함께하기를."

— 영화 〈스타워즈〉의 대사 중에서

운은 영원하지 않다. 운이 다하면 힘을 회복해야 한다. 회복은 휴식이다. 휴식은 힘을 회복하는 일이다. 잡스의 얘기가 아니다. 내 얘기다. 2012년 여름이었다. 난생처음 큰 투자를 유치했다. 두 번째 회사를 설립할 자금이었다. 이제 회사 두 곳을 경영해야 했다.

8년 동안 쉬지 않고 달려왔다. 너무 많이 지친 나머지 가족과 직원 등 주변 사람들과의 갈등이 잦아졌다. 어머니와 크게 싸우고 나서 체력 회복이 필요하다는 사실을 절감했다. 더 큰 일을 하기 위해서는 더 큰 힘이 필요했다.

혼자 제주를 찾았다. 첫날은 숙소에서 푹 쉬었다. 오랜만에 단잠을 잤다. 점심을 먹고 올레길을 찾았다. 걷고 또 걸었다. 평일의 제주는 한적했다. 날씨는 상쾌했고, 마음도 맑았다. 회사 생각은 하지 않았다. 지금은 힘을 회복하는 일이 더 중요했다. 힘이 있으면 실수가 줄고, 실수가 줄면 회사는 망하지 않을 테니까.

해가 질 무렵 숙소로 돌아왔다. 몸은 고단했지만 마음은 고요했다. 샤워를 마치고 저녁식사를 하기 위해 밖으로 나왔지만 혼자 식사할

식당을 찾기가 쉽지 않았다. 한적한 횟집으로 들어갔다. 4만 5천 원짜리 회 정식을 시키고 한라산 소주도 한 병 시켰다. 혼자서 식사를 시작했다. 지난 8년이 스쳐갔다.

눈앞의 음식을 보다가 떠올랐다. 지난 8년 동안 나는 단 한 번도 나를 위해 이렇게 비싼 음식을 사준 적이 없었다. 나에게 한 번도 선물을 준 적이 없었다. 휴식 없이 살았다. 눈물이 흘렀다. 그렇게 혼자 울었다. 한참을 울고 나니 힘이 생기기 시작했다. 툭툭 털어지고, 위로받은 느낌이 들었다.

휴식은 나에게 주는 선물이다. 선물은 꼭 비쌀 필요가 없다. 나의 몸을 잠시 쉬게 하는 것만으로도 충분하다. 휴식은 회복이다. 회복이 힘을 충전한다.

휴식이 새로운 힘이 되는 것처럼, 비워야 채울 수 있고 버려야 새로운 것을 찾을 수 있다. 역사학자 유발 하라리Yuval Harari는 말한다.

"당신이 자신의 존재와 미래에 어느 정도 주도권을 가지고 싶다면 당신은 알고리듬보다, 아마존Amazon과 정부보다 더 빨리 뛰어야 하며 그들이 당신에 대해 파악하는 것보다 스스로를 더 잘 알아야 합니다. 빨리 뛰기 위해서는 모든 짐을 벗어던져야 합니다. 모든 환상을 내려놓아야 합니다. 그건 매우 무겁기 때문입니다."

하나의 문이 닫히면 반드시 다른 문이 열린다. 문을 열 힘만 있다면 언제든 다시 시작할 수 있다. 그 힘은 버리고 비우고 쉬어야 생긴다는 걸 잊지 말아야 한다.

"고래를 만나는 건 운이지만,
잡는 건 실력이다."

– 인도네시아의 고래잡이 마을 '라마레라Lamalera'의 격언 중에서

〈토이 스토리〉가 성공하고 10년이 지난 2006년 1월 24일, 디즈니가 픽사를 인수했다. 표면상으로는 인수였지만 적극적으로 구애한 쪽은 디즈니였다. 사실 〈토이 스토리〉를 제작할 때만 해도 픽사는 디즈니의 하청업체일 뿐이었다. 애니메이션의 모든 권리도 디즈니의 소유였고, 속편을 제작할 권리도 디즈니에게 있었다. 큰 수익이 나지 않으면 돌아오는 이익도 거의 없었다. 하지만 픽사는 준비를 멈추지 않았다. 이후 잇달아 수작을 시장에 내놓으면서 브랜드를 키워나갔다.

픽사가 눈부시게 발전하는 동안 디즈니는 멈춰 있었다. 대중은 디즈니라는 브랜드보다 픽사를 더 신뢰하게 됐다. 실제로 디즈니의 자

체 제작 애니메이션들은 부진을 거듭했다. 이런 디즈니에게 픽사는 구세주였다. 불과 1,000만 달러짜리 회사였던 픽사의 가치는 10년 만에 74억 달러가 됐다. 그리고 애플로 복귀한 잡스는 디즈니의 최대 주주이자 이사회 멤버가 됐다.

준비하면 운은 찾아온다. 하지만 준비를 멈추면 운은 바로 우리 곁을 떠난다. 멈추지 않고 준비하는 일만이 운을 잡는 유일한 방법이다. 준비가 실력을 만든다. 운은 실력 있는 사람을 따른다.

어느 대기업 부사장 최종 면접 이야기이다. 명문대를 나온 경영학 박사 A후보는 훌륭한 스펙에 비해 직장 운이 없었다. 지방대를 나와서 박사가 된 B후보는 스펙에 비해 좋은 직장을 거쳤다. 면접이 끝나고 회장이 인사팀장에게 말했다.

"B로 결정하지."

"스펙은 A가 훨씬 낫습니다만……."

"난 운 없는 사람이 싫다네."

---

운은 날개가 달려서 사람의 힘으로 잡을 수 없다. 운은 준비된 사람을 좋아한다. 운을 믿고 준비하다 보면 어느새 운이 어깨에 내려앉아, 그것을 잡은 나를 발견할 수 있다.

# 통찰력 라테

04. 선택

選擇 / Choice

05. 결핍

缺乏 / Lack

06. 모순

矛盾 / Contradiction

07. 왜곡

歪曲 / Twist

04

# | 선택 |

選擇

**Choice**

"문까지 안내는 해줄 수 있지만,
문을 여는 것은 너야."

— 영화 〈매트릭스The Matrix〉의 대사 중에서

우리 인생은 어떤 선택을 받는지에 따라 완전히 달라진다. 행태경제학behavioral economics의 거장 대니얼 카너먼Daniel Kahneman과 아모스 트버스키Amos Tversky는 '속성 비교 이론'을 통해 인간의 선택이 어떤 경로로 결정되는지를 증명했다. 이들의 이론은 다음과 같다.

인간의 선택은 크게 3단계로 진행된다. 1단계는 선택의 수많은 대안들을 좁히는 과정이다. 1단계를 통해 우리는 최종 대안을 2개까지 압축한다. 1단계는 어느 정도 시간이 소요되지만 2단계와 3단계는 불과 1초도 걸리지 않는다. 2단계는 최종적으로 2개의 대안만 남는 상황에서 일어난다. 인간은 2개만 남은 대안의 공통되는 속성을 빠르게 찾아내어 선택의 기준에서 삭제한다.

2단계를 통해 공통 속성이 제거되면 대안 A의 차별 속성unique과 대안 B의 차별 속성만 남게 된다. 그럼 우리는 다시 0.5초도 안 되는 짧은 순간에 하나의 차별 속성을 나에게 '좋다good'고 규정하고, 다른 하나를 나에게 '나쁘다bad'고 단정한다.

마지막 3단계에 선택받는 것은 무엇일까? 차별 속성 중 나에게 좋은 속성, 바로 '유니크 굿'이다. 대안 전체가 아니라 유니크 굿만 선택받는 것이다.

선택은 찰나의 순간에 일어나고, 아주 작은 차이 하나로 결정된다. 우리는 하루에도 수많은 선택을 하며 산다. 우리도 모르는 사이에 무의식적으로 벌어지는 이런 기재를 '선택의 뇌'라고 부른다.

예를 들어, 친구들과 운동을 끝내고 목이 마른 상태에서 편의점에 들어갔다고 상상하자. 무엇을 마실지 결정하지 않았다면, 우리가 선택할 수 있는 음료수의 숫자는 무수히 많다. 이때부터 선택의 뇌가 작동한다. 빨리 음료수를 마시는 행동이 우리 몸에 유리하기 때문이다.

선택의 뇌는 아주 빠르게 마실 수 있는 음료수의 대안을 축소하기 시작한다.

1. 뭘 마시지?
2. 오늘은 탄산음료가 당기네?
3. 환타나 사이다보다는 콜라가 낫겠다.
4. 그냥 콜라? 아니면 제로콜라?

우리도 인지하지 못하는 사이에 선택의 뇌는 수천 개의 음료 중 그냥 콜라와 제로콜라라는 2개의 대안만을 남겨놓는다. 그리고 다시 아주 빠른 시간에 둘 중 하나를 고르는 두 번째 선택의 뇌가 작동한다.

1. 둘 다 가격이 같네?
2. 둘 다 용량도 같네?
3. 그냥 콜라는 맛이 좀 상쾌했지?
4. 제로콜라는 마음이 좀 편하지?

두 번째 선택의 뇌는 2가지 대안의 공통되는 속성을 찾아내서 순식간에 삭제한다. 콜라와 제로콜라의 가격과 용량은 공통 속성이다.

공통 속성은 선택에 전혀 영향을 미치지 못한다. 공통 속성이 삭제되면 차별 속성만 남게 된다. 그럼 이번에는 세 번째 선택의 뇌가 작동한다.

- 난 지금 상쾌한 게 필요해! 그냥 콜라!!

콜라의 상쾌함이 최종 선택을 받았다. 이번에는 상쾌함이 유니크굿이었다. 선택은 냉정하다. 음료수가 아니라 내가 선택받는 상황이라면, 불과 1초 만에 상대방에게 삭제된다면 기분이 어떨까?

"머피의 법칙이란 나쁜 일이 생긴다는 뜻이 아니야,
일어날 법한 일이 일어난다는 의미지."

– 영화 〈인터스텔라Interstellar〉의 대사 중에서

난 누구보다 열심히 살았는데, 왜 남들보다 좋은 선택을 받지 못할까? 이유는 간단하다. 지금까지 공통 속성만 열심히 생산했기 때문이다.

선택의 1단계만 통과할 뿐, 2단계에서 매번 삭제되고 최종 단계에는 한 번도 진입한 적이 없다. 공통 속성은 최종 선택의 과정에서 완

전히 삭제된다. 우리가 공통 속성을 만들기 위해 쓴 에너지는 무용지물이 되어 버린다.

누구나 한 번뿐인 인생을 열심히 산다. 부러운 인생을 사는 사람도 있고 그렇지 못한 사람이 훨씬 많다. 모두 선택의 문제다. 우리가 부러운 인생을 살지 못하는 이유는 좋은 선택을 받지 못했기 때문이다.

열심히 살았지만 선택받지 못하는 이유는 유니크 굿을 생산하지 않고 공통 속성만 열심히 만들었기 때문이다. 공통 속성은 제아무리 창의적이라도 삭제된다. 선택의 뇌에 전혀 영향을 미치지 못한다. 그래서 특별해야 살아남을 수 있다.

다시 한 번 강조하지만, 공통 속성은 선택의 과정에서 완전히 배제된다. 일단 유니크해야 선택의 2단계로 진입한다. 차별화는 선택의 2단계로 진입하기 위한 필수조건이다. 지금 당신의 행동은 독창적인가? 한번 되짚어 보자. 혹시 나는 남들이 가는 길을 따라 걷고, 똑같이 시험을 보고, 공부를 하고, 취직을 하고, 결혼을 하고, 대출을 받으며 살고 있지는 않은가?

우리는 에너지의 대부분을 공통 속성에 사용한다. 특별해야 최종 선택을 받을 수 있는데도 말이다. 선택을 받으려면 일단 달라야 한다.

독창적이어야 한다. 그리고 독창성을 선호도로 바꿀 줄 알아야 한다. 그래야 선택받을 확률이 높아진다. 이런 힘을 '핵심 경쟁력'이라고 부른다. 핵심 경쟁력은 사람의 무의식을 지배하는 힘이다.

미국 노스웨스턴대학의 에릭 앤더슨Eric Andersen 교수와 MIT 슬론 경영대학원의 던컨 시메스터Duncan Simester 교수는 소비자들의 구매 의사 선택에 관한 재미있는 실험을 진행했다.

이 실험은 동일한 재질과 품질의 34달러짜리 여성 의류의 가격을 각각 34달러, 39달러, 44달러로 책정하고 전혀 다른 장소에서 판매했다.

과연 어떤 가격표를 붙인 옷이 가장 많이 팔렸을까? 소비자들은 3가지 가격의 옷을 같은 장소에서 비교할 수 없다. 가격만이 선택에 영향을 미칠 수 있다. 34달러가 최저 가격인지, 44달러가 최고 가격인지도 소비자는 알 수가 없다. 오직 가격의 숫자만이 선택의 고려대상이다.

정답은 39달러 가격표를 붙인 옷이었다. 왜 그럴까? 우리는 가격의 끝에 '9'나 '8'이 붙어 있으면 싸다고 믿고 산다. 선택의 뇌는 39달러를 40달러대가 아닌 30달러대라고 믿는다. 선택은 과거부터 쌓여

온 무의식이 결정하는 경우가 대부분이다. 이런 인식은 쉽게 바뀌지 않는다. 우리의 일상 속에서 늘 반복된다. 특히 구매 과정에서 빈번하게 일어난다.

컬럼비아대학의 시나 아이엔가Sheena Iyengar 교수와 마크 래퍼Mark Lepper 교수는 샌프란시스코의 슈퍼마켓에서 잼과 관련한 구매 의사 선택 실험을 했다. 선택의 옵션이 많을 때와 적을 때, 구매 선택에 변화가 있을까? 다시 말해 진열된 잼이 30개일 경우와 6개일 경우, 구매 비율의 변화가 있을까?

결과는 놀라웠다. 진열된 잼의 종류를 6가지로 줄였을 때, 판매가 10배나 증가했다. 옵션이 30가지일 때는 3%에 불과하던 구매 비율이 6가지로 줄이자 30%로 높아졌다.

도대체 왜 이런 일이 발생할까? 선택과 관련한 정보가 많을 때, 사람들이 선택을 미루는 경향 때문이다. 이런 현상을 '선택의 과부하' 라고 부른다. 더 많은 대안이 오히려 빠른 선택을 방해한다.

선택의 과부하는 레스토랑의 세트메뉴를 탄생시킨 이론으로도 유명하다. 수많은 메뉴를 고르는 스트레스를 선택하는 것보다 쉽게 고를 수 있는 세트메뉴를 선택하는 것이 손님들에게는 훨씬 편하다. 물론 레스토랑 사장님의 매출도 덩달아 올라간다.

인간의 무의식은 그다지 체계적이지 않다. 선택의 뇌는 직관을 선호한다. 선택의 뇌를 이해해야 핵심 경쟁력을 만들 수 있다. 핵심 경쟁력을 만들어야 선택받는다.

핵심 경쟁력은 차별화하고 선호도를 높이는 힘이다. 핵심 경쟁력은 다양한 방법으로 만들 수 있다. 한 번에 만들어지는 경쟁력은 세상에 없다. 하지만 만들기만 하면 무조건 선택받는 힘이 핵심 경쟁력이다.

결국 성공은 좋은 선택을 받는 것이다. 일단 달라야 선택받을 확률이 높아진다. 남들이 한다고 두려워하지 말자. 따라가면 똑같아지고, 좋은 선택에서 멀어질 뿐이다.

05

# 결핍

缺乏

Lack

"예루살렘은 무엇입니까?"
"아무것도 아니지, 모든 것이기도 하고."

– 영화 〈킹덤 오브 헤븐Kingdom of Heaven〉의 대사 중에서

결핍은 불편함이다. 불편함은 아무것도 아니다. 하지만 모든 문제의 근원이기도 하다. 결핍을 채우면 불편함이 사라진다. 우리 주변에는 결핍이 차고 넘친다.

하지만 우리는 결핍을 대수롭지 않게 생각한다. 불편함을 억지로 참으며 살아간다. 결핍은 찾는 즉시 해결해야 한다. 그래야 아무것도 아닌 것을 모든 것으로 만들 수 있다.

후쿠이에는 평범한 샐러리맨이었다. 어느 겨울밤, 감기 몸살로 앓아눕게 되었다. 추워서 난로를 켰다. 난로를 켜면 실내가 건조해진다. 그래서 주전자에 물을 담아 난로 위에 올려 두었다. 문제는 소리였다. 물이 끓자 주전자 뚜껑이 덜그럭거리며 요란한 소리를 냈다. 그 소리에 잠을 이룰 수가 없었다.

화가 난 그는 옆에 있던 송곳으로 주전자를 내리찍었다. 송곳은 주전자 뚜껑에 구멍을 뚫었다. 송곳을 빼자, 구멍으로 증기가 새어 나오면서 소리는 줄어들었다. 후쿠이에는 이 아이디어를 특허로 등록했다. 우리가 쓰고 있는 모든 주전자에는 후쿠이에의 특허가 걸려 있다. 결핍을 즉시 해결하자 주전자가 특별해졌다.

후쿠이에가 우리보다 특별한 사람일까? 아니다. 누구나 주전자에 구멍을 뚫을 수 있다. 결핍을 만났을 때, 즉시 해결하면 누구나 특별해질 수 있다.

결핍을 찾기 위해서는 세 가지가 필요하다. 첫째, 충분한 의도가 있어야 한다. 둘째, 공유된 경험을 찾아야 한다. 나만 불편한 것은 큰 의미가 없다. 셋째, 소비자의 행동을 관찰해야 한다.

결핍은 의도를 가지고, 공유된 행동을 관찰하면 찾을 수 있다. 대한민국에서 광고하는 사람이라면 가장 먼저 배우는 성공사례 중에 경동보일러 광고가 있다. 이 광고는 대한민국 광고인 최초로 대통령 표창을 수상한 것으로 유명하다.

경동보일러의 경쟁상대는 귀뚜라미보일러였다. 1991년, 경쟁자였던 귀뚜라미보일러가 먼저 가스보일러를 출시한다. 저렴한 연료비용과 과감한 광고 등으로 귀뚜라미의 가스보일러는 시장에서 승승장구한다. 뒤늦게 경동보일러도 가스보일러를 개발했다. 문제는 광고였다.

경동보일러는 후발주자였고 광고 예산도 넉넉하지 못했다. 경동보일러는 유명한 광고 제작자인 이강우 대표와 윤석태 감독에게 SOS를 보냈다. 두 사람은 지금도 광고학 개론 시간에 배우는 고향의 맛 '다시다', 초코파이 '정' 캠페인, 델몬트 '따봉' 광고 등으로 유명한 국내 최대의 TV CF 프로덕션 세종문화의 공동 창업자다.

당시 광고를 총괄했던 국내 최초 CM플래너 이강우는 소비자의 결핍 찾기에 주목했다. 보일러를 구매하는 소비자의 행동을 관찰하기 시작했다.

결핍 찾기 1주일이 되어가던 무렵, 한 신혼부부가 보일러를 사는 행동을 관찰한 두 사람은 광고의 영감을 찾았다. 컨셉이 정해지고, 광고가 제작된다. 광고가 방송에 송출된 후 3일 만에 경동보일러의 모든 재고가 동났다. 더욱 놀라운 사실은 가스보일러 광고를 송출했는데, 연탄보일러와 기름보일러까지 모두 완판되었다는 점이다. 어떻게 이런 결과가 가능했을까?

"여보, 아버님 댁에 보일러 놓아드려야 되겠어요."

이 광고 이전의 소비자는 보일러는 집을 따뜻하게 해주는 제품으로만 인식했다. 하지만 광고를 보고 난 후, 소비자의 인식은 바뀐다. 보일러의 따뜻한 기능은 당연하고 부모님을 향한 마음까지 따뜻하게 해주자는 결핍을 채워주는 경동보일러를 선택하게 된 것이다.

당시 시대 상황도 광고의 성공에 크게 작용했다. 시골에서 농사짓고 소 팔아서 서울로 보낸 자녀들은 경제성장기의 바쁜 일과로 명절에도 자주 고향을 찾지 못했다. 고생하신 부모님께 마음의 결핍을 느끼고 살았다.

광고는 서울에 살던 지방 출신들의 결핍을 건드렸고, 경동보일러를 부모님 댁에 놓아드림으로써 결핍은 해소됐다. 이처럼 결핍은 찾는 즉시 해결해야 한다. 결핍을 찾는 일이 습관화되면 작은 문제들은 쉽게 해결할 수 있다.

"친구는 가까이 두고
적은 더 가까이 둬라."

– 영화 〈대부〉의 대사 중에서

결핍은 찾아내는 일도, 해소하는 일도 어렵다. 2010년의 일이다. 한 기업의 캠페인을 맡았다. 8번의 프레젠테이션을 거쳤다. 매우 큰 규모의 마케팅 캠페인이었다. 잘하고 싶었고, 잘해야만 했다. 컨셉은 인사이트insight였다. 세상을 바꾼 인사이터를 찾아 나섰다. 그렇게 서울발레시어터의 제임스 전을 만났다.

초등학교를 졸업하고 미국으로 이민을 간 제임스 전은 대학교 때 처음 발레를 시작했다. 이후 무용을 가르치던 영국 선생님으로부터 체계적으로 공부할 것을 권유받아 뉴욕 줄리어드 음악대학에서 본격적으로 발레공부를 시작한다.

졸업 후 모리스베자르발레단과, 플로리다발레단에서 단원으로 활동했고 유니버설발레단과 국립발레단에서 솔리스트와 수석무용수로 활약하다가 한국에 정착했다. 1995년 2월 한국인의 정서에 맞는 작품을 창작하고 무용인구의 저변확대를 목표로 하는 서울발레시어터를 창단한 후 우아한 형식을 부수고, 인간의 감정을 마음으로 직접 읽을 수 있는 독창적인 무용동작을 개발했다는 평가를 듣고 있다.

제임스 전과 김인희 단장이 창단한 서울발레시어터는 대한민국을 대표하는 민간 발레단이다. 젊은 실험 정신을 바탕으로 100여 편의 작품을 선보이며 대중성을 인정받았고, 소외계층을 위한 발레교육과 사회공헌 프로그램을 통해 예술의 사회적 가치를 꾸준히 실천하고 있다. 그 중심에 안무가 제임스 전이 있었다.

제임스…

Why?

노숙인이 발레를 할 수 있을까요?

Why not?

그렇게 서울발레시어터와 빅이슈 코리아가 처음 만났다. 빅이슈는 영국 런던 거리에 주거가 취약한 홈리스The Homeless 수가 증가함에 따라 이들에게 잡지 판매를 통해 합법적 수입을 올릴 수 있도록 기회를 제공하는 사회적 기업으로, 1991년에 시작했다. 빅이슈 판매원은 다양한 배경을 지니고 있으며 빈곤과 불평등에 관련한 많은 문제에 직면해 있다.

서울발레시어터와 빅이슈 코리아의 노숙인 발레 프로젝트가 시작됐다. 시작은 한 편의 영상이었다. 노숙인에게 발레를 가르치고, 그들의 몸을 바꾸는 일이었다. 우리가 만난 노숙인들의 몸은 일반인에 비해 많이 쇠약해져 있고, 딱딱하게 굳어 있었다. 기초 동작도 소화하기 힘든 사람들이 대부분이었다. 하지만 제임스는 포기하지 않았다.

제임스의 훈련법은 매우 엄격했다. 노숙인이라고 결코 봐주는 법이 없었다. 그는 발레를 가르친 것이 아니라 노숙인이 발레로 사람을 대하는 방법을 가르쳤다. 제임스표 발레 인사법이었다. 빅이슈 잡지 판매에 도움이 되는 방법을 찾은 것이다.

발레로 잡지를 사는 손님들에게 인사하는 빅이슈발레단은 그렇게 탄생했다. 4주의 훈련이 끝나고 우리는 드디어 영상을 완성했다. 영상은 큰 호응을 얻으며 많은 언론에 기사화됐다. 캠페인이 끝나고 제임스는 노숙인과의 만남을 통해 '우리는 모두 다르지 않다'는 믿음을 다시 한 번 확인할 수 있었다고 말했다.

시작은 영상 한 편을 만드는 일이었다. 이후 크라우드 펀딩을 하게 됐고, 정부 지원금을 받아 발레단을 만들고, 콜롬비아에까지 예술교육의 유명한 성공사례가 되었다.

노숙인들은 실제 무대에도 올랐다. 발레 〈호두까기 인형〉이었다. 이 이야기는 한 권의 책으로 출판되어 지금까지 회자되고 있다. 시작은 나의 작은 기획이었지만, 그 기획의 결핍을 채워준 건 제임스 전과 빅이슈였다. 그들이 주인공이다.

사람의 결핍을 찾으면 쉽게 친해질 수 있다. 결핍을 발견하면 아는 척하기보다는 대화의 주제를 결핍으로 이끌어 가면 된다. 그러면 공감대가 형성된다. 결핍 발견이 진짜 관계의 시작이다.

06

# | 모순 |

矛
盾

Contradiction

"영웅으로 살다가 죽거나,
오래 살아서 악당이 되거나."

– 영화 〈다크 나이트The Dark Knight〉의 대사 중에서

모순은 충돌하는 욕구다. 서로 다른 욕구가 충돌하는 상태다. 우리 주변은 언제나 모순투성이다. 인지하지 못하고 살 뿐이다.

"밥은 많이 먹고 싶은데, 배는 안 나왔으면 좋겠어."

"술은 매일 먹고 싶은데, 숙취는 없었으면 좋겠어."

"공부는 하기 싫은데, 성적은 잘 나왔으면 좋겠어."

"결혼은 하기 싫은데, 축의금은 받았으면 좋겠어."

모순은 기회의 순간이다. 모순된 욕구를 채우면 소비자는 열광한다. 소위 히트상품이 탄생한다. 우리 주변의 히트상품은 대부분 모순을 극복하고 본질을 찾아서 만들어진다.

**"골프는 치고 싶은데, 골프장에 가는 건 귀찮아!"**

골프의 모순은 뭘까? 꼭두새벽에 일어나 골프장에 가는 일이다. 골프는 치고 싶은데 새벽에 일어나는 일은 싫다. 충돌하는 욕구다. 스크린 골프는 가상현실에서 실내 골프를 즐기는 시뮬레이터다. 새벽에 일찍 일어나지 않아도 골프를 즐길 수 있다.

**"화장은 해야 하는데, 절차가 너무 많아서 귀찮아!"**

화장의 모순은 복잡한 절차다. 비비크림은 복잡한 절차를 극복했다. 비비크림의 정식 명칭은 '블레미쉬 밤Blemish Balm'이다. 독일 피부과에서 환자 피부 치료 후 자외선과 외부 자극에서 피부를 보호하고자 바르는 용도로 사용한 것이 시초였다.

**"눈은 잘 안 보이는데, 안경을 쓰면 예쁘지 않아!"**

안경의 모순은 뭘까? 안경은 패션을 방해한다. 콘택트렌즈는 이 모순을 극복했다. 스위스의 의사 아돌프 픽 박사Dr. Adolf Fick는 1888년 최초로 성공적인 콘택트 렌즈를 제작했지만, 노출된 눈 전체를 덮는 형태로 불편했다. 이후 바슈롬Bausch+Lomb이 획기적인 소프트렌즈를 개발하며 콘택트렌즈는 대중화되었다. 그리고 아큐브Acuvue가 이 시장을 석권한다.

**"자동차가 힘도 세고, 연비도 잘 나왔으면 좋겠어!"**

자동차의 모순은 마력과 연비다. 힘도 세고 연비도 좋은 자동차는 1997년 하이브리드가 출시되기 전까지 존재하지 않았다. 도요타자동차Toyota의 프리우스는 세계 최초의 하이브리드 자동차다. 프리우스는 자동차의 모순을 극복한다. 충돌하는 욕구는 혁신적인 기술의 씨앗이다. 출판과 영화, 인터넷과 블록체인도 모두 그렇게 탄생했다.

**"정보는 찾고 싶은데, 광고는 보기 싫어!"**

구글Google은 모순 속에서 태어난 기업이다. 인터넷 초기, 모든 검색엔진의 초기 화면은 광고였다. 검색의 본질은 정보임에도 검색창보다 배너광고가 더 많았다. 인터넷 사용자들은 매일 모순 속에서 살았다. 정보를 찾기 위해 광고를 봐야 했다. 스탠퍼드대학교의 두 대학원생은 이 모순에 주목했다.

1998년 9월 27일, 세르게이 브린Sergey Brin과 래리 페이지Larry

Page는 구글을 설립했다. 인터넷 세상의 모순을 바꾸기 위해서였다. 구글은 고민했다. 광고를 정보로 바꿀 수 없을까? 정보를 먼저 보여주면 광고를 정보로 바꿀 수 있지 않을까?

검색창 하나뿐인 초기화면은 그렇게 탄생했다. 정보만 찾고 싶은 소비자와 광고를 보여줘야 돈을 버는 검색엔진의 충돌하는 욕구가 모두 충족되는 방법이었다. 검색엔진의 본질이 정보라고 믿었기에 가능했다.

2020년 기준, 구글은 전 세계 검색엔진의 90% 이상을 점유하고 있으며 지금도 점유율은 늘어나고 있다. 구글은 모순을 찾아 극복했다. 모순 찾기는 본질 찾기다. 충돌하는 욕구 속에 본질이 숨어 있다.

"때로는 단 하나의 결정이 운명을 좌우한다."

– 영화 〈아바타〉의 대사 중에서

구글의 브랜드 탄생 과정에는 재미있는 이야기가 숨어 있다. 구글은 사전에 등재된 단어가 아니다. 아무런 뜻도 없다. 왜 이런 단어를 회사 이름으로 사용했을까?

구글의 창업자인 세르게이 브린과 래리 페이지가 처음 결정한 회사의 이름은 '구골Googol'이었다. 구골은 미국의 수학자 에드워드 캐스너Edward Kasner가 이름 붙인 10의 100제곱을 뜻하는 수학용어다. 구골은 거의 무한에 수렴하는 숫자다. 그만큼 많은 정보를 담겠다는 둘의 의지를 담았다. 그런데 엉뚱한 일이 발생한다.

1998년 당시 구골은 투자가 절실했다. 어느 날, 두 사람은 교수의 소개로 선마이크로시스템즈Sun Microsystems의 공동 창업자였던 앤디 벡톨샤임Andy Bechtolsheim을 만나 투자를 요청한다. 벡톨샤임은 사업 설명을 듣고 난 후, 일정이 바쁜 나머지 이렇게 대답한다.

"마음에 듭니다. 좋습니다. 구체적인 것을 논의하기보다 그냥 수표check를 드리면 어떨까요?"

엘리베이터 피치*가 성공한 것이다.

하지만 문제는 그다음이었다. 벡톨샤임이 10만 달러 수표 앞에다 회사 이름을 '구글Google Inc'이라고 표기한 것이다. 명백한 오타였다. 벡톨샤임이 떠나고, 둘은 망연자실해졌다. 구글이란 이름의 회사

* 엘리베이터 피치Elevator Pitch는 어떤 상품, 서비스 혹은 기업과 그 가치에 대한 빠르고 간략한 설명으로 엘리베이터를 타서부터 내릴 때까지의 시간만 들여 설명하는 것을 말한다.

는 존재하지 않기 때문에 수표를 현금화할 수 있는 방법이 없었다.

둘은 고민했다. 이 순간에 구글의 창업자들은 전혀 다른 생각을 떠올린다. 수표를 다시 받을지 돈을 받지 말지가 아니라 회사 이름을 바꾸겠다는 생각이었다. 그렇게 회사 이름이 지금의 '구글'로 바뀐다. 모순을 찾아 뒤집으면 큰 뜻이 보인다.

---

삶은 모순투성이다. 모순을 받아들여야 사람을 이해할 수 있다. 세상에 완벽한 사람은 없다. 모순의 쳇바퀴에서 벗어날 수 있는 유일한 방법은 공功과 과過를 함께 보는 것이다.

07

# 왜곡

## 歪曲

### Twist

"숟가락은 없다."

– 영화 〈매트릭스〉의 대사 중에서

왜곡은 편향된 사고다. 편향된 사고는 보는 것을 믿는 것이 아니라, 믿는 것을 보는 행동이다. 주말 등산로 입구, 삼삼오오 모여서 함께 등반을 시작한다.

정상에 오르면 준비해온 음식을 나눠 먹는다. 남은 쓰레기는 준비한 비닐봉지에 담아 내려온다. 등산로 입구에는 쓰레기를 버릴 수 있는 곳이 거의 없다. 그런데 쓰레기는 집에 가지고 가기 싫다.

보통 등산로 입구를 지나 큰길로 커브를 돌면 가로수가 한 그루 있다. 그 가로수 아래에만 쓰레기봉투가 수북이 쌓인다. 정상에서 그곳에 버리자고 약속을 하거나, 가로수 앞에 푯말이 있는 것도 아니다. 그럼에도 유독 그 가로수에만 쓰레기가 쌓인다.

누군가 먼저 쓰레기를 버린다. 우리는 평소 쓰레기가 있는 곳에는 쓰레기를 버려도 된다고 믿고 산다. 그래서 가장 먼저 누군가 쓰레기를 버린 곳에만 쓰레기가 쌓이게 된다. 믿는 대로 행동하는 왜곡의 대표적인 사례다. 이런 왜곡의 사례는 매우 많지만, 눈치채기 쉽지 않다.

왜곡의 역사는 매우 길다. 고대 메소포타미아인들은 지구가 구형이 아니라 평평한 대지라고 믿었다. 고대 그리스인들은 지구가 둥글다는 것은 항해로 알았지만 지구가 태양의 둘레를 돌고 있다는 사실은 믿지 않았다. 지구가 우주의 중심에 있다는 지구중심설천동설은 기원전 4세기, 아리스토텔레스가 언급하면서 왜곡되기 시작했다.

기원전 3세기, 아리스타르코스가 최초로 지동설을 제안했지만 부정된다. 이후 몇몇 천문학자들이 태양 중심설과 지구의 공전과 자전에 대해 언급하지만 정확한 증거를 제시하지 못했다. 이후 16세기에 이르러서야 코페르니쿠스가 지동설을 주장한다. 그러나 근거는 매우 빈약했다.

이후 갈릴레오, 케플러와 뉴턴 같은 학자들이 천체 관측 자료를 바탕으로 지동설의 증거를 하나씩 찾아내면서 지동설은 증명된다. 무려 1,400년이나 걸려 발견한 왜곡이었다.

왜곡은 무서운 편견이다. 한번 믿으면 아무런 의심 없이 믿고 산다. 당연하다고 믿는 것을 깨는 순간, 믿을 수밖에 없는 강력한 편견이 태어난다.

왜곡은 지금도 우리 주변에서 계속 벌어진다. 2008년, 두바이는 건설 붐이 한창이었다. 한 부호가 자신이 소유한 지중해 바다 한가운데 멋진 건물을 짓고 싶어 했다. 그가 건축가들에게 내건 조건은 한 가지, 아름다운 지중해의 풍경을 360도로 모두 볼 수 있는 건물이어야 한다는 것이었다. 사실상 불가능한 조건이었다.

그때 한 건축가가 이 조건에 도전한다. 그는 데이비드 피셔David Fisher로 이스라엘 출신의 이탈리아 건축가였다. 그는 건물은 움직이면 안 된다는 오랜 왜곡을 깨고 회전식 초고층 빌딩인 다이내믹 타워Dynamic Tower를 설계한다. 일명 '다빈치 타워'로 불리는 이 건물은 두바이에 420m 규모로 고유하게 각 층이 독립적으로 회전할 수 있게 설계되었다.

다이내믹 타워의 각 층은 90분 내에 최대 1회전을 하는데, 이로 인해 타워의 모양은 끊임없이 변한다. 가만히 거실에 앉아 있으면, 360도로 변하는 풍경을 모두 볼 수 있게 되는 방식이다.

문제는 아직도 완전히 지어지지 못하고 있다는 점이다. 데이비드 피셔는 명예박사학위를 위조했고, 여전히 1억 달러의 빚을 지고 있는 사기꾼이다. 왜곡은 사기꾼들이 즐겨 쓰는 수법이다.

“끊임없이 의심하고 사고하는 것,
당연한 것을 당연하게 생각하지 않는 것,
항상 깨인 눈으로 세상을 바라볼 것.”

– 영화 〈국가부도의 날〉의 대사 중에서

왜곡은 비효율적인 경쟁을 만든다. 반창고 시장은 수십 년 동안 왜곡된 경쟁을 해왔다. 우리가 쓰는 반창고의 색깔은 대부분 피부색이다. 그런데 살색은 도대체 어떤 색일까? 흑인과 동양인의 피부색은 분명히 다르다.

그럼 동양인의 피부색은 모두 같을까? 한국인의 피부색은? 나와 내 부모형제의 피부색은 같을까? 내 자녀의 피부색? 쌍둥이의 피부색은 정말 같을까?

엄밀히 말해 규정된 피부색은 없다. 70억 세계 인구의 피부색은 모두 미묘하게 다르다. 우리는 살색 반창고를 붙이고, 안 보일 거라 믿으며 살았다. 살색 반창고를 붙인 사람을 본 상대방은 살색 반창고가 보이지만, 살색을 붙였으니까 안 보이는 척하며 살아왔다. 어처구니없는 행동이다. 살색 반창고는 세상 모두를 속인 왜곡이었다.

반창고 회사 큐래드Curad는 이런 왜곡을 찾았다. 비효율적인 경쟁을 인식한 큐래드는 세상에 전혀 다른 반창고를 내놓는다. 캐릭터 밴드의 탄생이었다.

살색은 어차피 보인다고 생각한 큐래드는 반창고에 캐릭터를 넣으며, 살색보다 더 잘 보이는 반창고를 만든다. 그리고 기존 반창고 시장에서 돌풍을 일으킨다. 경쟁 제품 대비 재구매율이 4.5배가 넘었다.

반창고 시장은 전통적으로 미취학 아동이 주요 고객이다. 많이 다치기 때문이다. 아이가 놀이터에서 넘어져 다쳤다. 엄마가 슈렉 캐릭터의 큐래드 반창고를 붙여준다. 아이가 엄마에게 말한다.

"엄마, 슈렉 옆에는 항상 동키가 있어야 해요. 기왕이면 피오나 공주도 함께요."

심지어 큐래드는 아이들의 액세서리로 진화한다. 아이들은 다치지 않았는데도 예쁜 반창고 큐래드를 붙였다. 왜곡을 찾아서 반대로 뒤집으면 새로운 왜곡이 생겨난다.

왜곡을 활용하면 선택받는 제목을 만들 수 있다. 우리는 수많은 제목을 지으며 산다. 보고서의 제목, 게시물의 제목, 책의 제목, 아이들의 이름까지. 단어의 왜곡을 찾아서 반대의 개념을 붙이면 '낯설게 하기' 효과가 벌어진다. 어디서 본 것 같은데 새롭게 느껴지는 것이 '낯설게 하기'다.

아래의 예를 살펴보자.

* 카리스마 – 강하고, 차가운
* 아우성 – 소리, 비명, 주장
* 열정 – 뜨거운, 격정적인

우선 내가 꼭 제목에 쓰고 싶은 단어를 노트에 적는다. 카리스마라는 단어를 꼭 써야 한다면, 카리스마의 왜곡을 옆에 적는다. 카리스마의 왜곡은 '강하다, 차갑다' 등이다. 그럼 앞이나 뒤에 그 반대의 개념을 붙인다. '따뜻한' 카리스마. 아우성 앞에는 '소리 없는'을 붙이고, 열정 앞에는 '차가운'을 붙여보자. 낯설지만 익숙하다.

* 따뜻한 카리스마

* 소리 없는 아우성

* 차가운 열정

이런 수사법을 모순어법矛盾語法, oxymoron이라고 부른다. 서로 모순되는 어구를 나열하는 표현법으로 모순 형용이라고도 한다. 수천 년간 작가들이 사용해온 수사법이다. 세상에서 가장 모순어법을 잘 구사했던 대가는 누구일까? 윌리엄 셰익스피어다. 그의 모순어법은 모든 희곡 속에 극명하게 나타난다. 로미오가 줄리엣에게 구애하는 세레나데를 살펴보자.

"사랑이 가냘프다고? 너무 거칠고, 잔인하고, 사나우면서도, 가시처럼 찌르는 것이 사랑이라네."

모순어법은 우리 일상에서 자주 발견된다. 상처뿐인 영광, 밝게 빛나는 어둠, 찬란한 슬픔, 침묵의 웅변, 똑똑한 바보처럼, 가짜인 진짜처럼, 시를 쓰면 이미 시가 아니다, 눈 뜬 장님, 도를 도라고 하면 도가 아니다, 아아 님은 갔지만 나는 님을 보내지 아니하였습니다, 용서한다는 것은 최대의 악덕이다, 겨울은 강철로 된 무지갠가 보다 등등. 왜곡을 뒤집으면 통찰이 시작된다.

왜곡은 힘이 세다. 아무런 저항 없이 우리가 지키고 있는 원칙들도 우리가 기억하지 못할 뿐, 처음이 있었다. 그래서 새로운 것은 저항이 크다. 저항을 이겨내야 새로운 질서가 될 수 있다.

# 경영의 양식

08. 고객

顧客 / Customer

09. 선수

選手 / Professional

10. 사부

師父 / Master

11. 악당

惡黨 / Villain

12. 승부

勝負 / Match

13. 체계

體系 / System

08

# | 고객 |

顧
客

Customer

"아빠가 손님을 두고 왔어."

– 영화 〈택시운전사〉의 대사 중에서

고객은 나에게 비용을 지불하는 사람이다. 고객이 있어야 돈을 벌고, 돈을 벌어야 먹고살 수 있다. 고객은 누군가에게 왕일 수도, 목숨일 수도, 종교일 수도 있다.

나는 고객의 본질은 손님이라고 생각한다. 손님은 잠시 들르는 사람이다. 한정된 시간을 함께하는 사람이다. 좋은 고객을 만났다고 기뻐할 필요도, 헤어졌다고 슬퍼할 필요도 없다. 결국 잠시 들렀다가 떠나고 다시 돌아오는 손님이니까.

손님과 영원히 함께할 수는 없다. 하지만 자주 만날 수는 있다. 고객관계의 본질은 지속성이다. 고객과 가족처럼 지낼 수는 있지만 피를 나눈 식구가 될 수는 없다. 고객관계는 기본적으로 상거래다. 우리는 가족과의 거래를 고객과의 거래처럼 하지 않는다. 그래서 고객은 가족이 될 수 없다. 고객은 손님이다. 손님이 자주 오면 단골이 된다.

고객에도 종류가 있고, 등급이 있다. 단골이 있으면 뜨내기도 있고, 열성 고객이 있으면 불만 고객도 있다. 고객은 모두 다르다. 그래서 모든 고객에게 집중할 필요는 없다. 모든 고객이 이익을 안겨주지는 않기 때문이다. 고객관계는 분류를 통해 집중도를 결정해야 한다. 그래야 더 많은 고객과 더 오래 만날 수 있다. 더 좋은 고객은 더 큰 이익을 주는 고객이다.

고객은 나에게 얼마나 많은 이익을 주는지 여부로 구분된다. 주식회사 팀버튼은 2006년 내가 설립한 마케팅 회사다. 보통 마케팅 회사들은 외부 고객을 대상으로 일을 한다. 팀버튼은 내부 고객을 대상으로 마케팅을 하는 회사다. 지금까지 약 15년 동안 국내외 큰 규모의 기업 1,500여 곳의 조직문화 활성화 프로그램을 운영했다.

예를 들면 보통 큰 기업들은 직원을 대상으로 여러 가지 종류의 내부 마케팅을 진행한다. 복지혜택, 직원 교육, 해외연수 등이 대표적인 활동이다. 이러한 기업문화에 필요한 프로그램을 개발하고 운영하는 회사가 팀버튼이다. 팀버튼은 200명이 넘는 예술가들과 함께 대기업 직원들의 팀워크와 기업문화를 유연하게 바꾸는 70여 개의 프로그램을 운영하고 있다. 국내에서 처음으로 아카펠라, 랩, 타악, 뮤지컬, 연극, 댄스, 탭댄스 등의 예술을 조직 활성화 프로그램으로 사업화했다.

2015년의 일이다. 팀버튼과 지난 10년 동안 거래한 고객사의 비중이 궁금해졌다. 세금계산서를 기준으로 정리해보니 약 1,500곳의 고객사와 일해왔다. 우리 규모의 회사가 관리하기에는 너무 많은 숫자였다. 집중도를 달리하기 위해 고객을 분류하기 시작했다. 우선 고객을 매출 비중으로 구분했다.

분석을 하기 전에 기준부터 만들어야 했다. 최초 거래 후, 3년 동안 거래가 없는 고객은 제외했다. 다시 방문할 확률이 없기 때문이다. 그렇게 약 50%의 고객 명단이 정리됐다. 나머지 50%의 고객을 매출 금액 순으로 정리했다. 그리고 다시 하위 50%의 고객을 정리했다. 남은 고객 명단을 다시 정리하다가 놀라운 통계를 발견했다.

매출 순위 상위 20%의 고객이 전체 매출의 80%를 차지하고 있었다. 다시 말해, 약 30여 개의 고객사가 우리 회사 매출의 80%를 올려주고 있었다. 이 30곳의 고객과 나머지 고객의 관계는 분명히 달라야 했다.

나에게 이익이 되지 않는 고객은 불필요하다. 고객은 나의 이익을 올려주어야만 손님 대접을 받을 수 있다. 이렇게 생각을 정리한 후, 적은 금액이지만 꾸준히 매출을 올려주는 고객들을 다시 분류하기 시작했다.

이 분류를 통해 고객관계 강화를 위한 회사 차원의 마케팅이 마련됐다. 많은 이익을 주는 고객에겐 신제품의 할인 혜택을, 꾸준한 이익을 주는 고객에겐 추가 서비스의 할인 혜택을, 그리고 신규 고객을 핵심 고객으로 만들기 위한 멤버십 혜택 등도 함께 만들었다.

예를 들어 10회 이상 반복적으로 구매하는 고객에게는 신규 프로그램 50% 할인의 혜택을 부여하고, 꾸준한 이익을 주는 고객들은 1년에 2회 신규 프로그램 시연회에 초청하고, 최초 고객에게는 10%의 할인 혜택을 부여하는 방식이었다.

위의 혜택들은 팀버튼 실무자들에게 권한을 위임해서 즉각 현장에 반영할 수 있도록 조치했다. 고객관계는 분류를 통해 시작되고, 혜택과 권한 위임을 통해 시스템이 된다. 빅데이터 시대의 분석도 본질은 이와 같은 맥락이라고 생각한다. 고객 백 명의 호감보다 한 명의 열광이 훨씬 중요하다.

"별거 있나요?
무릎이 좀 싸면 돼요."

– 드라마 〈자체발광 오피스〉의 대사 중에서

고객은 예측 불가능한 손님이다. 성격이 좋을 수도 나쁠 수도 있고, 악할 수도 선할 수도 있다. 기본적으로 고객은 친절하지 않다. 고객이 되면 누구나 대접받고 싶어지기 때문이다. 그래서 고객관계는 매우 어려운 일이다. 평소에 선하던 고객도 돌변하기 일쑤고, 똑같은 서비스를 똑같이 대접해도 불만이 나오기 마련이다.

2010년 가을의 일이다. 회사를 시작하고 가장 큰 규모의 프로젝트를 수주했다. 평소 1년 매출에 상응하는 거래였다. 거래 규모도 컸지만 내가 너무나 하고 싶었던 스토리텔링 마케팅 프로젝트였다. 성사만 된다면 국내 최초라는 타이틀도 거머쥘 수 있었다. 무려 8번의 프레젠테이션을 거쳐 어렵게 수주한 프로젝트였다.

프로젝트를 의뢰한 고객은 국내 굴지의 정유회사였다. 당시 우리 회사는 큰 마케팅 캠페인을 진행해본 경험이 전무했다. 그런데 고객사 담당자로부터 전화 한 통이 걸려왔고, 미팅을 통해 큰 입찰에 참여하는 기회를 얻을 수 있었다.

하지만 과정은 매우 험난했다. 1차로 4번에 걸쳐 고객사 담당자들에게 컨셉을 설득하는 프레젠테이션을 했다. 이후 담당 임원을 설득하기 위해 캠페인 계획안을 3번에 걸쳐 프레젠테이션했다. 꽤 좋은 계획이라는 평가를 들었고, 이제 실행을 준비할 차례였다.

그런데 갑자기 최고 의사결정권자인 그룹 회장님 앞에서 마지막으로 프레젠테이션을 해야 한다는 소식을 들었다. 난감했다. 몇 번의 밤샘 끝에 15분의 프레젠테이션을 준비했고, 3번의 박수와 7번의 웃음을 만들었다. 결과는 대성공이었다.

캠페인의 주제는 '인사이트'였다. 우리 주변의 좋은 인사이트를 발굴해서 정유회사의 고객들에게 보여주고, 공유하게 만들자. 그렇게 정유회사의 브랜드에 '인사이트'라는 인식을 심어보자는 전략이었다. 이제 실행만 잘하면 더 많은 프로젝트를 수주할 수 있는 기회였다.

캠페인의 내용은 간단했다. 인사이트를 세상에 실천하고 있는 셀럽

들을 선정해서 2달에 걸쳐 그들의 감동 스토리를 동영상으로 제작, 트위터 등을 활용하여 정유회사 고객들에게 알리는 것. 우리는 그들을 '에너지 인사이터'라고 불렀다. 당시 내가 선정한 에너지 인사이터는 뇌성마비 행위예술가 강성국, 노숙자에게 발레를 가르치는 제임스 전 등이었다.

캠페인은 초기 1개월 동안 문제없이 흘러갔다. 성과도 기대했던 수치보다 2배 이상 높게 나왔다. 그런데 1개월 후, 연평도 포격전*이 터졌다. 모든 미디어와 소셜 네트워크는 온통 연평도 사건으로 뒤덮였다.

이런 이슈가 터지면 기업의 캠페인은 관심을 받지 못하기 마련이다. 우리 캠페인의 성과도 크게 하락하기 시작했다. 결국 프로젝트는 애초 기대치보다 절반 이하의 성적으로 마무리됐다. 완벽한 패배였다.

연평도 사건이 터지고 캠페인을 마무리할 때까지의 1개월은 그야말로 지옥이었다. 함께 일하던 매니저는 스트레스로 턱이 빠질 정도였다. 고객이 요구하는 업무는 매일 강도가 높아졌다. 캠페인은 결국 마무리됐지만, 아직 고객과의 관계가 끝난 것은 아니었다. 잔금을 받

* 2010년 11월 23일 북한이 서해 연평도에 포격을 가해 민간인 사상자가 발생한 참사이다.

지 못했기 때문이다.

나를 믿고 함께 일해준 파트너들에게 남은 비용을 지불하려면, 나부터 고객에게 잔금을 받아야 했다. 그런데 일의 결과는 형편없었다. 어떻게 해야 할까? 고민이 시작됐다. 그리고 최종 결과 보고회 날이 돌아왔다.

고객사가 비용을 지급하지 않을 일은 없었다. 굴지의 대기업이었고, 계약서상으로도 지불에 문제는 없었다. 문제는 약속된 날짜에 받을 명분이었다. 비용 지급이 늦춰지면 나도 난처하고, 나와 일한 파트너들도 힘들어진다.

최종 보고가 끝나고, 고객이 나에게 물었다. 이번 캠페인을 어떻게 생각하느냐고. 잠시 생각했다. 그리고 대답했다.

"고객과 파트너들에게는 잘못이 없습니다. 돌발 상황을 예측하지 못한 건 캠페인을 총괄했던 저의 불찰입니다. 결국 제 잘못입니다. 유구무언입니다. 죄송합니다."

그리고 허리를 깊게 굽히고 무릎을 꿇었다. 석고대죄. 내가 할 수 있는 유일한 행동이었다. 그때의 내 마음은 내가 사과하면 고객의 감정은 다치지 않을 것이고, 그러면 잔금은 제때 받을 수 있을 것이라는 거였다.

감정은 순간이다. 하지만 진심을 담아야 한다. 내가 진짜로 잘못한 것이 맞다. 가장 큰 이익을 얻었으면서, 멀리 보지 못했으니까. 나의 진심을 담아 크게 사과하자. 내가 무릎을 한 번 꿇으면 고객도 살고, 파트너들도 살고, 나도 산다.

고객은 나를 일으키고는 쫑파티를 하러 가자고 했다. 술자리가 무르익고, 우리는 새로운 관계를 회복할 수 있었다. 비용 정산이 끝날 무렵, 나는 내가 고용했던 캠페인 디렉터에게 제안했다.

"나는 이 캠페인의 패장입니다. 당신이 앞으로 당신 회사에서 이 캠페인을 맡아주세요. 패장이 떠나야 전쟁이 마무리됩니다. 조건은 없습니다. 인사이트 캠페인을 살리세요."

그렇게 캠페인은 다음 해에도 이어질 수 있었고, 지금까지 이어지고 있다. 고객은 더 좋은 파트너를 만났고, 나는 또 다른 고객을 만났다. 고객은 끝까지 돌봐야 할 손님이다. 회사는 고객 없이 살 수 없다.

———— 나는 고객을 이렇게 분류한다. 새로 만난 고객, 자주 만나는 고객, 돈이 되는 고객. 가장 많은 시간과 노력을 들이는 고객은 새로 만난 고객이다. 새로 만나야 자주 만나고, 자주 만나야 돈이 되기 때문이다.

09

# 선수

選
手

Professional

"난 과거의 너에겐 관심 없어.
난 현재의 너를 산 거야."

– 영화 〈머니 볼Moneyball〉의 대사 중에서

선수는 프로다. 프로는 해당 분야 최고 수준의 전문가다. 선수는 성공의 달콤함을 잘 안다. 선수는 실패하는 공식도 잘 안다. 선수는 성공 확률이 높은 사람이 아니라 실패 확률이 낮은 사람이다. 선수는 아는 것이 많다. 선수는 모르는 것을 모른다고 말한다. 선수는 과거의 경험이 아니라 현재의 실력으로 평가받는다. 그래서 진짜 선수는 매우 드물다.

한 분야의 선수가 되기 위해서는 시간과 경험이 필요하다. 선수가 되는 공식은 없다. 선수가 되기 위한 유일한 방법은 노력, 그리고 인내다. 선수는 선수만이 알아볼 수 있다.

2010년의 일이다. 교육회사를 창업한 이후 가장 일하고 싶었던 큰 고객사로부터 입찰 제안을 받았다. 엄청 큰 규모의 경쟁 프레젠테이션이었다. 고객사는 국내 최상위 대기업이었다. 그 회사 신입사원 3,500명의 교육을 대행할 회사를 찾는다는 요청이었다.

막상 초대를 받고 나니 두려움이 앞섰다. 창업 후 6년 동안 내가 발표자로 나섰던 큰 규모의 경쟁 입찰은 모두 패배였다. 그래서 생긴 별명이 '백전백패 대표'였다. 나의 프레젠테이션은 공감보다 설득에 가까웠다.

대안이 필요했다. 그때 한 강연 행사에서 만났던 친구가 떠올랐다. 프레젠테이션의 달인이었다. 말 그대로 선수였다. 그 친구를 만나서 경쟁 입찰을 함께하자고 제안했다. 친구는 흔쾌히 수락했다. 좋은 선수와 한 팀이 되었다.

드디어 발표 날. 선수의 발표는 역시 탁월했다. 발표자 옆에 앉아 있던 나는 심사위원들만 쳐다봤다. 단 한 순간도 친구의 발표에서 눈을 떼지 못하고 있었다. 그리고 심사위원 모두가 밝게 웃고 있었다.

친구는 마치 콘서트를 하듯이 발표를 마쳤다. 발표가 끝나고, 고객사 담당자는 우리를 배웅하며 엄지를 치켜세웠다.

속으로 쾌재를 불렀다. 드디어 꿈꾸던 프로젝트를 시작하겠구나. 다음 날, 발표 결과를 메일로 받았다. 탈락이었다. 도무지 이유를 알 수 없었다. 분명히 현장의 분위기는 우리에게 크게 긍정적이었다. 속이 탔다.

그때, 메일 한 통을 다시 받았다. 고객사 담당자가 개인적으로 보낸 메일이었다. 다른 경쟁사들에게는 보내지 않았다고 했다.

"대표님이 준비해주신 제안에 놀랐습니다. 저만이 아니라 함께 있었던 상사와 동료들도 모두 놀랐습니다. 발표하신 분의 역량과 제안 내용은 분명 훌륭했고, 선정되기에 충분했습니다. 그런데 대표님. 대기업은 급한 혁신을 좋아하지 않습니다. 대표님과 회사의 역량은 인정하지만, 아직 이 규모의 프로젝트를 진행한 경험도 적고 저희 회사와 일한 경험도 적습니다. 그래서 이번에는 논의를 통해 안정적인 회사와 일하기로 결정했습니다.

그런데 대표님. 저는 언젠가 꼭 대표님 회사와 일해보고 싶습니다. 오늘 보여주신 발표는 저희 회사에 꼭 필요한 제안이었습니다. 훌륭한 발표를 하시고도 탈락해서 속상하시겠지만, 제 진심을 알아주세요. 정말 죄송하지만, 조금만 시간을 두고 기다려주실 수 있으실까요?"

장문의 이메일이었다. 고객의 진심이 느껴졌다. 탈락이 안타깝긴 했지만 결과는 인정해야 했다. 우선 함께 발표를 준비한 친구에게 메일을 보냈다.

"너의 발표는 최고였지만, 결과는 패배다. 책임은 나의 몫이다. 수고했고, 수고한 보상은 지급하겠다. 곧 다시 도전할 기회를 만들겠다. 분명히 더 좋은 기회를 만들겠다. 그때도 함께하자."

그리고 고객에게도 짧은 답장을 보냈다.

"네, 잘 알겠습니다. 약속 잊지 않고 기다리겠습니다."

구구절절한 메일은 불필요했다. 진심을 확인했다면, 지금부터 다음 기회를 준비하면 그뿐이었다. 정확히 1년 후, 고객은 다시 우리에게 제안 의뢰서를 보내왔다. 결과는 승리였다. 이후 5년간 우리는 함께 일했다.

선수였던 친구는 그 이후 앞서 말했던 규모가 큰 정유회사 마케팅 캠페인 프로젝트 입찰을 진행했다. 1개월 동안 무려 8번의 발표를 하는 까다로운 경쟁이었다. 마지막 발표는 대기업 회장님 앞에서 진행됐다. 발표장으로 들어가기 전 화장실 세면대 앞에서 손을 씻으며 서로 마주 보고 씩 웃었다. 그 친구에게 내가 말했다.

"마음먹은 대로 다 해, 내가 책임질게."

15분으로 예정되었던 발표는 회장님의 박수소리와 함께, 질의응답이 30분을 넘어 45분까지 늘어났다. 화기애애한 분위기가 이어졌다.

발표를 마치고 나오는데, 입장 전에 그렇게 조마조마해하던 고객이 말을 건넸다.

"회장님의 이런 반응은 처음 봅니다. 정말 고맙습니다. 앞으로 잘 부탁합니다."

친구와 나는 짧게 목례를 하고 고객사 정문을 나서면서 서로를 마주 보고 말했다.

"낮술이나 먹으러 가자!"

선수는 늘 공부하는 사람이다. 언제 만날지 모를 프로젝트를 위해 늘 준비한다. 선수는 팀을 중시한다. 혼자서 할 수 있는 일이 많지 않다는 것을 잘 알고 있다. 선수는 경쟁을 피하지 않는다. 경쟁 없는 승리란 없다는 것을 본능적으로 안다. 선수도 실수한다. 하지만 같은 실수는 반복하지 않는다. 선수는 실수를 통해 진정한 고수가 된다.

"이 아이는 저에게 가장 큰 실망을 안겨준 비서입니다.
하지만 만약 당신이 그녀를 채용하지 않는다면
당신은 멍청이입니다."

– 영화 〈악마는 프라다를 입는다〉의 대사 중에서

선수는 편을 만든다. 적을 만들지 않으려고 노력한다. 한 명의 적을 이기려면 백 명의 편이 필요하다는 사실을 잘 알고 있기 때문이다. 선수는 약속을 지킨다. 아무리 작은 약속이라도 반드시 엄수한다.

선수는 돈 문제에 명확하다. 돈을 주고받는 거래에 당당하고 투명하다. 선수는 사람을 좋아한다. 일보다 사람이 먼저다. 선수는 패배를 인정한다. 지는 법을 알아야 이기는 법도 알 수 있기 때문이다.

선수는 행동하는 사람이다. 샤넬의 창립자 가브리엘 보뇌르 샤넬 Gabrielle Bonheur Chanel의 애칭은 코코 샤넬이었다. 코코 샤넬은 행동파 디자이너였다. 그녀의 집은 가난했고, 어려서 고아원에 맡겨졌다. 수녀원 생활은 그녀의 행동에 큰 영향을 끼친다.

코코 샤넬은 원래 뛰어난 모자 디자이너였다. 그녀의 실력은 점점 소문이 퍼졌고, 귀족들의 사교 파티에 초대받을 정도로 유명해진다. 당시 사교 파티의 드레스는 코르셋을 입은 바로크 스타일이었다. 샤넬은 돈도 없었고, 코르셋도 싫었다. 그래서 집에 있는 검은색 커튼으로 드레스를 만들어 입었다. 그 유명한 '더 리틀 블랙 드레스The Little Black Dress'는 그렇게 탄생했다.

1920년대 검은색 드레스는 주로 상복으로만 입었다. 샤넬은 과감한 사고로 디자인했고, 검은색 커튼으로 혁신을 창조한다. 이후 이 드레스는 사교계의 주류가 된다. 이후에도 코코 샤넬은 끊임없이 사고하고 행동한다.

1953년 뉴욕의 부잣집 딸인 마리 엘렌은 드레스를 고르고 있었다. 샤넬이 본 엘렌의 드레스는 뭔가 불편했다. 춤을 추기도 힘들고, 지나치게 화려했다. 샤넬의 눈에 거실 한 켠의 빨간색 커튼이 들어왔다. 샤넬이 디자인한 엘렌의 빨간 커튼 드레스는 미국 사교계를 다시 한 번 뒤집어놓는다.

선수는 기존의 것을 과감히 버릴 줄 안다. 버려야 채워진다는 것을 잘 알기 때문이다. 사람들은 흔히 물 들어올 때 노 젓자는 표현을 많이 쓴다. 운이 있을 때 돈을 벌어보자는 뜻이다.

그럼 반대는 뭘까? 물이 빠질 때 배를 버리는 일이다. 물 들어오는 순간은 누구나 알 수 있다. 그런데 반대의 상황은 알아도 잘 인정하지 않는다. 금방 지나갈 거라고 믿기 때문이다.

사람들은 배를 쉽게 버리지 못한다. 아깝기 때문이다. 정확히 말하자면, 막연한 기대감이 남아 있기 때문이다. 예전에 물 들어오던 시절이 다시 돌아올까 봐 배를 포기하지 못한다. 그렇게 망설이는 사이에 물은 더 많이 빠지고, 배는 낡아간다. 배를 버리는 일은 포기가 아니다. 바다를 버리고 단단한 땅을 밟는 모험이다. 선수는 버려야 할 때를 아는 사람이다.

나는 12년 넘게 교육회사인 팀버튼을 경영했다. 회사는 나의 배였다. 하지만 나의 꿈은 영화였다. 회사 운영을 계속하다 보니 생활은 안정되어 갔다. 하지만 꿈과는 점점 멀어졌다. 배를 버릴지 말지 고민이었다. 결정이 필요했다.

주식회사 팀버튼은 200명이 넘는 예술가를 싣고 다니는 배였다. 12년간 이 회사의 키를 잡은 사람은 나였다. 나의 선택과 판단이 그들의 인생에 영향을 미친다. 만약 내가 배를 버린다면? 그건 무책임한 행동이다. 배를 버리지 않고 배에서 내릴 수는 없을까?

다행히 나에겐 12년 동안 회사를 함께 키운 임원이 있었다. 마침 내가 안식월 휴가 중이었다. 휴가 기간 동안 회사를 인계할 준비를 했다. 첫 번째 행동은 임원의 마음을 사는 것이었다. 두 번째 행동은 나의 권리를 포기하는 것이었다. 세 번째 행동은 천천히 배에서 내리는 준비를 하는 것이었다.

팀버튼은 여전히 순항 중이다. 대표가 된 임원은 나와 전혀 다른 스타일로 회사를 경영하고 있다. 평소에 나는 침묵한다. 그러다 대표가 초심이 흔들리는 것 같으면 짧게 조언한다. 그리고 내가 더 잘하는 일은 직원의 입장이 되어서 돕는다. 그렇게 나는 배에서 내렸다.

선수는 버릴 줄 아는 사람이다. 누구나 욕망이 있다. 욕망을 버리는 일은 어렵다. 하지만 버리지 않으면 채울 수 없다. 양손에 은 덩어리를 들고 있으면 눈앞의 금 덩어리를 집을 수 없다. 은을 버려야 금을 얻는다. 버리는 용단이 더 큰 것으로 채울 수 있는 유일한 방법이다.

"사람은 누구나 죽지, 하지만 죽을 날을 모르는 게 나아.
삶의 신비를 만끽하며 후회 없이 사는 거야."

– 영화 〈캐리비안의 해적Pirates of the Caribbean〉의 대사 중에서

선장은 선수 중의 선수다. 선장은 전혀 다른 생각을 하는 사람이다. 영화 〈캐리비안의 해적: 낯선 조류〉를 보면 충직한 갑판장 '깁스'가

선장인 '잭'에게 묻는다. 은잔과 눈물과 영원한 젊음을 선사하는 샘물까지 다 가졌는데 왜 마시지 않았느냐고. 잭이 대답한다.

"영원한 삶도 좋지만 자신의 마지막을 모르는 게 더 낫지 않을까?"

선장은 배를 지키는 사람이다. 잭은 그다지 좋은 선장이 아니다. 부하들을 버리고 도망가기 일쑤다. 잭은 나쁜 두목이다. 선원들에게 친절하지 않다. 잭은 이상한 선장이다. 엉뚱한 결정을 자주 내린다.

하지만 잭은 결코 배를 버리지 않는다. 배와 함께 죽는 것이 선장의 권리이자 의무라 굳게 믿는다. 해적선 '블랙 펄'은 잭이 꼭 지켜야 할 회사 같은 존재다.

선장의 리더십에 정답은 없다. 좋은 리더에 대한 기준도 없다. 물론 나쁜 리더에 대한 명확한 연구도 없다. 리더십이란 주어진 시대와 환경에 따라 얼마든지 변할 수 있는 낯선 조류 같은 것이다.

지금 시대에 나폴레옹의 리더십이 통할까? 잭 웰치의 리더십이 다시 러버메이드*를 부흥시킬 수 있을까? 잡스가 과연 대우를 구할 수 있었을까? 아무도 모를 일이다.

* 러버메이드Rubbermaid는 한때 '미국 기업인이 가장 존경하는 기업' 1위였고, 가장 혁신적인 기업이라는 평가로 소비자들에게 사랑을 받았다. 하지만 하루에 한 개씩 신제품을 내놓는 개발에 매진하면서 오히려 재정악화를 가져오게 돼 설립 78년째인 1998년 뉴웰Newell 코퍼레이션으로 매각됐다.

지금 같은 예측 불가능한 시대에는 성공이 최종 목표가 되어서는 안 된다. 성공은 과정일 뿐이다. 선장의 최종 목표는 생존이다. 온실을 벗어난 화초는 금방 시든다.

하지만 섬에서 홀로 자란 야자수는 대대손손 바다를 지킨다. 누구나 말하는 성공의 리더십은 잊자. 이미 고인이 된 리더들은 더 이상 우리를 지켜주지 않는다. 선장은 스스로를 지킬 줄 알아야 성공을 맛볼 수 있다.

선장은 경쟁을 즐긴다. 선장은 경쟁자를 아낀다. 선장의 리더십은 라이벌을 만날 때 비로소 빛난다. 헥터 바르보사는 해적 선장 잭 스패로우의 영원한 라이벌이다.

원래 잭의 부하였던 바르보사는 선상반란으로 해적선 블랙 펄의 주인이 된다. 바르보사는 잭이 보물섬의 위치를 알려주자마자 선장이었던 잭을 배신한다.

배신의 대가는 참혹했다. 반란을 일으킨 후, 잭을 무인도에 버리고 보물섬을 발견한다. 하지만 욕심 때문에 달빛이 비치면 추악한 모습으로 변하는 저주에 걸린다. 심지어 선원들도 모두 저주에 걸린다. 비겁한 리더를 따른 선원들은 평생을 저주에 걸려 비참하게 살아간다.

외딴섬에 버려진 잭을 지탱시켜 준 힘은 자신의 배 블랙 펄에 대한 집착이었다. 잭에게는 마법의 나침반이 있었다. 그 나침반의 바늘은 북쪽이 아니라 가지고 있는 사람이 원하는 방향을 가리킨다. 마음이 안 잡혔을 때는 빙빙 돈다. 잭의 나침반은 언제나 블랙 펄을 가리킨다. 잭의 마음과 같았다.

바르보사의 꿈은 보물섬을 찾는 것이었고, 잭의 꿈은 보물선을 찾는 것이었다. 회사가 없으면 이익도 없다. 큰 이익을 올리기 위해서는 좋은 팀이 필요하다. 팀이 모여 있는 곳이 회사다. 비겁한 리더는 달을 보지 않고 손가락을 본다. 현명한 리더는 달이 빛나는 이유를 묻는다. 보물섬을 찾으려면 보물선이 먼저 필요하다.

선수는 성공 확률이 높은 사람이 아니라 실패 확률이 낮은 사람이다. 선수가 되는 유일한 방법은 노력, 그리고 인내다. 선수는 실수를 통해 진정한 고수가 된다.

10

# 사부

師
父

Master

"안내와 조작은 다른 거야.
네 잘못이 아니야."

– 영화 〈굿 윌 헌팅Good Will Hunting〉의 대사 중에서

사부는 가르침으로 깨달음을 주는 스승이다. 좋은 스승은 찾기 힘들다. 좋은 제자도 찾기 힘들다. 깨달음은 시간이 필요하다. 기다림이 없으면 깨달음도 없다. 제자는 빨리 배우기를 원하고, 스승은 오래 가르치기를 바란다. 이 간극은 쉽게 채워지지 않는다. 그래서 좋은 스승과 좋은 제자는 만나기 어렵다.

《영웅문英雄門》은 홍콩의 소설가 김용金庸의 3부작 무협 소설이다.

이 소설은 동서양 수십 개국에 번역되었으며 국내에서 8백만 부, 대만에서 1천만 부, 중국에서 1억 부 이상이 팔렸다.

1부의 주인공은 곽정이다. 그의 모험담은 스승을 찾는 여정이다. 곽정은 여러 스승을 만나 영웅으로 성장한다. 곽정은 몽골에서 유복자로 태어나 6살 때 첫 스승인 '제베'를 만난다. 어느 날 곽정은 패잔병이 되어 천막으로 도망 온 신궁 제베를 숨겨준다. 그리고 채찍에 맞으면서도 제베의 은신처를 발설하지 않는다.

이 일을 계기로 둘은 사제지간이 된다. 제베는 실존인물이다. 칭기즈칸이 가장 신임했던 사준사구四駿四狗 중의 한 명이다. 사준사구란 몽골 제국 역사를 기록한《원조비사元朝秘史》에 나오는 4마리의 충성스런 준마와 충견을 뜻하는 데서 유래한다. 사준은 내정과 전략에서 활동한 인물이며, 사구는 전투에서 공훈을 발휘한 인물들로 칭기즈칸을 도와 몽골 제국을 건국한 8인의 건국공신을 말한다.

제베는 본래 몽골의 타이치우트 부족 출신으로, 칭기즈칸과 대립하던 타르쿠타이의 부하였다. 쿠이텐 전투에서 칭기즈칸을 저격하여 목을 맞춰 죽음 직전까지 보냈지만, 마유주를 마시고 기적적으로 회복한 칭기즈칸에게 패배하여 포로로 붙잡힌다.

칭기즈칸은 포로임에도 당당함을 잃지 않는 제베의 태도를 훌륭히 여겨 회유한다. 곽정은 첫 번째 사부였던 제베에게 몽골의 병법과 말타기, 활쏘기 등을 전수받는다. 그리고 어디에서나 당당한 태도도 물려받았다.

몽골을 떠난 곽정은 두 번째 사부 강남칠괴를 만난다. 강남칠괴는 양쯔강 이남 출신으로 이루어진 7명의 무림 고수들이다. 강남칠괴는 곽정을 가르쳐서 18년 후에 그의 의형제인 양강과 실력을 겨루자는 내기를 한다. 이런 연유로 곽정은 강남칠괴에게 무공을 전수받는다. 문제는 강남칠괴 7인의 무공이 모두 다르다는 점이었다. 다양한 사부들의 가르침을 한 번에 받아야 하는 곽정의 수련은 더딜 수밖에 없었다.

강남칠괴는 초절정의 고수들은 아니었다. 하지만 의리를 중시했다. 훗날 북쪽의 의협이라 불리는 곽정의 성격은 강남칠괴의 가르침이 기초가 되었다.

기술보다 먼저 가르쳐야 하는 것이 인격이다. 인격이 완성되어야 기술을 배울 자격이 생긴다. 이후 강남칠괴를 떠난 곽정에게 초절정 고수인 '마옥'을 스승으로 모실 기회가 찾아온다.

마옥은 전진교의 2대 교주가 되는 인물로 천하오절 중의 한 명인 왕중양의 수제자였다. 강남칠괴에게 배운 무공이 크게 늘지 않아 상심하던 곽정은 마옥을 만나 내공 심법을 배우고 자신감을 되찾는다.

마옥은 첫눈에 곽정의 가능성을 간파하고 단 한 번의 가르침으로 곽정이 고수가 될 길을 터준다. 마옥은 곽정의 자신감을 채워준 스승이다.

《영웅문》에 등장하는 천하오절이란 무림 비급 구음진경을 놓고 화산논검무림 대회을 벌였던 다섯 명의 초절정 고수들이다. 그 다섯 고수는 각각 중신통 왕중양, 동사 황약사, 남제 단지홍, 서독 구양봉, 북개 홍칠공이다.

이들 중에서 홍칠공이 마옥 이후 곽정의 스승이 된다. 훗날 곽정은 천하오절의 한 명인 북협이 된다. 홍칠공은 천하오절의 한 명으로 개방의 방주다. 실제 이름은 홍가의 일곱째라는 뜻인 홍칠인데, 강호의 사람들이 그의 뛰어난 의협심에 존경을 표하는 의미로 이름 끝에 공자를 붙여 부르기 시작하면서 홍칠공이 되었다.

그는 제자 키우기를 매우 싫어했는데, 곽정의 여자 친구 황용의 속임수로 절세 무공인 항룡십팔장을 곽정에게 전수하게 된다. 그렇게 곽정은 절세 무공을 배운다.

홍칠공은 베푸는 것을 좋아하는 스승이었다. 겉으로는 제자들을 골탕 먹이기도 하지만 그는 마음이 따뜻한 사람이었다. 홍칠공 같은 스승을 만난 제자는 청출어람의 수준에 오를 확률이 높다.

스승의 최종 목표는 본인보다 훌륭한 제자를 키우는 일이다. 홍칠공은 비록 거지들의 왕이었지만, 천하를 지팡이 하나로 주유하며 자신보다 뛰어난 제자들을 키워냈다. 홍칠공 같은 사람이 시대의 참 스승은 아닐까?

"세상에서 제일 쓸모없고 가치 없는 말이
'그만하면 잘했어!'야."

– 영화 〈위플래쉬Whiplash〉의 대사 중에서

멘토mentor는 조언자다. 멘토란 단어는 이타카의 왕 '오디세우스'가 전쟁에 나가면서 자신의 어린 아들을 친구인 '멘토'에게 맡겨, 자상한 선생님이자 훌륭한 조언자로서 왕의 아들을 제왕으로 훈련시킨 일에서 유래했다.

이후 사람을 훌륭하게 조련하는 사람을 '멘토'라고 부르게 되었다. 멘토링은 경험 많은 선배가 후배들을 지도하고 조언하는 활동이다.

멘토도 자격이 필요하다. 멘토의 기본적인 자질은 풍부한 경험이다. 창업을 안 해본 사람이 창업 멘토링을 하고, 경영을 안 해본 사람이 경영 멘토를 자처하고, 자기 브랜드를 성공시켜보지 못한 사람들이 브랜딩에 훈수를 두는 일은 잘못된 멘토링이다.

가끔 후배들에게서 술 한 잔 얻어 먹으며 고민을 들어주는 수준의 멘토링 요청을 받을 때가 있는데 그때마다 꼭 해주는 말이 있다. 오늘 내게 상담한 것처럼 다른 분들과도 상의하라는 것이다. 특히 부모님과 배우자와는 반드시 상의하라고 조언한다. 가족은 당연직 멘토이기 때문이다.

가족의 조언을 무조건 따를 필요는 없다. 하지만 나 외에 나를 가장 사랑하는 사람들의 진심 어린 조언이라면 시간을 투자할 가치는 충분하다.

멘토링은 티칭teaching이나 컨설팅consulting보다 결정 관여도가 낮다. 상담counseling보다는 관여도가 높지만 퍼실리테이팅facilitating보다는 체계적이지 않다.

결국 멘토링은 해답을 던져주는 일이 아니라 멘티 스스로 해법을 찾을 수 있도록 동기를 부여해주는 일이다. 멘토링은 간섭이 아니라 조력이다.

나의 첫 번째 멘토는 아버지였다. 군에 입대하고 전공을 바꿀 결심을 한 후 경영학과로 편입하겠다고 아버님께 편지를 드렸다. 다음 날, 아버님이 갑작스레 면회를 오셨다. 가시는 순간까지 아무 말씀도 안 하시던 아버님은 부대 앞에 나를 내려주시며 이렇게 말씀하셨다.

"지금은 군 생활에 충실할 때 아니겠니? 제대하고 다시 고민해도 늦지 않는다. 많은 사람들과 상의하면 좋겠다."

아버님의 조언으로 난 대학을 바꾸지 않고 부전공으로 경영학을 배울 수 있었다.

황인선 작가는 사회에서 만난 나의 첫 멘토다. 그는 서울대학교 국어국문학과를 졸업하고 삼성그룹 제일기획 최우수 AE account executive, 광고대행사의 총책임자를 거쳐 KT&G 수석부장을 역임한 최고의 마케팅 전문가이다. 지금은 춘천 마임축제 총감독을 거쳐 서울혁신파크 센터장으로 일하고 있다.

2004년 지인의 소개로 그를 처음 만났다. 첫 만남에서 나의 얕은 마케팅 지식은 산산이 깨졌다. 오기가 생겼다. 욕을 먹어도 쫓아다니자고 마음먹었다. 그렇게 4년을 쫓아다녔다.

2008년 가을, 회사 증자를 준비하고 있었다. 황인선 당시 부장님께 우리 회사에 투자자로 참여하시라고 제안을 드렸다. 부장님은 조용히 커피나 마시고 가라고 했다. 사실상 거절이었다. 주금 납입 하루 전에 전화가 왔다. 계좌번호를 알려달라고 했다. 그리고 이렇게 조언했다.

"난 네 회사에 투자하는 것이 아니다. 너의 용기에 기부하는 거다. 나중에 너도 후배에게 똑같은 요청을 받으면 나처럼 해라. 그걸로 내 빚은 갚은 거다."

나는 지금도 황인선 작가가 내게 말해준 마케팅의 정의를 후배들에게 알려준다. 그는 나의 영원한 마케팅 멘토다.

"마케팅은 회사의 자리에 고객을 놓고, 제품의 자리에 욕구를 놓고, 나의 자리에 너를 놓는 것이다."

최근 나는 새로운 멘토들을 만나고 있다. 바로 후배들이다. 나이 마흔이 넘으면 신체적인 변화가 찾아온다. 몸의 회복력이 젊은 시절만 못해지고, 그러다 보면 새로움보다 익숙함이 좋아지고, 행동이 줄고 생각은 굳는다.

그래서 찾은 해법이 후배들의 조언을 구하는 일이었다. 후배들의 멘토링은 생각보다 효과가 크다. 과거가 아니라 미래를 향하고 있기 때문이다. 이처럼 나이와 상관없이 사람은 누구나 위대한 멘토의 자질을 갖추고 있다. 멘토링에 나이 제한은 없다. 오직 겸손함이란 자격이 있을 뿐이다.

---

나는 나를 바라볼 수 없다. 스스로 관조하는 일은 매우 어렵다. 그래서 나의 성장을 바라봐줄 사람이 늘 필요하다. 스승은 나의 나이테를 만들어주는 존재다.

# |악당|

惡
黨

Villain

"왜 그렇게 심각해?"

– 영화 〈다크 나이트〉 '조커'의 대사 중에서

악당은 언제나 내 주변에 있다. 진짜 악당은 내가 아는 사람이다. 모르는 악당을 무서워할 필요는 없다. 정말 두려운 악당은 나를 잘 아는 사람이다. 친할수록 크게 싸운다. 가족과 가장 많이 싸우고, 친구와 가장 크게 다투며, 동업자와 가장 심하게 반목한다. 상대를 잘 알수록 악당이 될 확률이 높다.

동업은 미래의 악당과 사업을 하는 일이다. 동업은 영원할 수 없다. 동업자와는 언젠가 헤어진다. 잘 만나는 것보다 잘 헤어지는 것이 중요하다. 잘 헤어지기 위해선 계약서를 써야 한다. 계약은 악당을 동지로 바꿔주는 필수 아이템이다. 계약서를 쓸 때만큼은 힘껏 싸워야 한다.

해고는 악당의 일일까? 경영에서는 직원을 만나는 과정을 채용recruit이라고 부른다. 이와는 반대로 헤어지는 과정을 해고discharge라고 한다. 직원의 관점에서는 취업get a job과 사직resign이다. 일단 회사와 직원이 쓰는 용어가 다르다. 그래서 서로 느끼는 감정도 다르다. 쿨하게 헤어질수록 다시 만날 확률이 높다.

채용은 좋고, 해고는 나쁘다는 인식은 편견이다. 사랑도 그렇다. 첫사랑은 대부분 좋은 추억으로 남는다. 만나는 순간의 설렘이 첫 정보로 인식되기 때문이다.

그럼 가장 나쁜 사랑은 뭘까? 바로 헤어지기 직전의 사랑이다. 좋은 채용은 첫사랑이다. 그리고 해고는 바로 직전의 사랑이다. 결국 해고는 감정의 문제다.

해고는 회사가 직원을 사직시키는 일이다. 해고의 대부분은 고용주와 고용자의 감정 갈등에서 비롯된다. 서로 스타일이 맞지 않아서 일어난다. 보통 직원이 사직서를 내면서 갈등이 마무리된다.

이혼한 사람들에게 이혼 사유를 물어보면 대부분 성격차이라고 말한다. 해고의 사유도 비슷하다. 직원과 상사의 성격차이가 대부분이다. 직원과 상사는 가족이 아니다.

술자리에서 직원들에게 '우리는 가족이다', '영원히 함께하자', '끝까지 가보자'는 등의 끈끈한 가족애를 강조하는 상사들을 경계해야 한다. 이런 회사에서도 이직은 빈번하게 발생한다.

왜 그럴까? 일은 공公이고, 생활은 사私다. 공적인 영역에 사적인 감정이 섞여 들면 조직의 형평성이 썩는다. 이런 현상을 적폐積弊라고 부른다. 공과 사를 뒤섞는 일은 경영에서 철저하게 배재되어야 하는 적폐다.

그래도 가족적인 회사가 좋다고 생각하는 사람들이 많다. 가족적인 회사의 분위기가 좋은 것은 사실이다. 하지만 사람의 감정은 변한다. 회사의 상황이 변하면 대표의 감정도 변한다. 가족 같은 회사도 언제든 전쟁터로 변할 수 있다.

직원들의 심정은 복잡해진다. 분명히 우리는 가족이라고 말해놓고 왜 저렇게 돌변하지? 대표의 마음도 분노로 휩싸인다. 회사가 힘들어지면 가족들이 함께 책임져야 하는 거 아닌가? 왜 나만 힘들어야 하지? 가족경영의 모순이다. 서로가 서로에게 악당이 되는 순간이다.

만나면 헤어지고, 헤어지면 만나는 것이 일상이다. 그 과정에서 당연히 감정의 골은 깊어진다. 결국 좋은 해고란 감정의 골을 줄이는 일이다. 사람은 감정의 동물이기에 감정의 골이 아예 없을 수는 없다.

그럼 어떻게 해야 할까? 만나는 순간 미리 헤어질 준비를 해야 한다. 이별을 준비하는 일, 이것이 해고의 첫 번째 기술이다. 경영자는 늘 고용탄력성을 만들어야 하고, 직원들은 늘 다음 선택지를 준비해야 한다.

다시 말하지만 해고는 감정을 남긴다. 차라리 서로 헤어지자는 이야기를 자주 하자. 평소 '우리 회사 최고지?', '사장님 멋져요', '우린 잘될 거예요' 이런 대화 대신 '우리 헤어져도 만나요', '떠나도 응원할게요', '잘되면 서로 돕자' 등의 이별 언어를 습관화하자. 이것이 해고의 두 번째 기술이다. 대표는 직원들이 성장하면 떠나보낼 준비를 해야 한다.

대부분의 해고는 경영자의 책임이다. 맞지 않는 사람을 채용하는 일, 회사의 경영 상태를 악화시키는 일, 구성원 간의 갈등을 방치하는 일, 고객의 불편함을 무시하는 일, 이런 일은 모두 대표의 소통이 부족해서 발생한다.

작은 기업일수록 대표의 책임이 크다. 큰 기업처럼 인사시스템을 잘 구축하기 힘들기 때문이다. 결국 잘 구조화된 대표의 합리적인 경영철학이 작은 기업의 큰 인사人事 정책이다.

"어려운 일일수록 강한 의지가 필요하지."

– 영화 〈어벤저스 인피니티 워Avengers: Infinity War〉 '타노스'의 대사 중에서

사업은 최소 비용으로 최대의 이윤을 추구하는 일이다. 적은 돈을 써서 큰돈을 버는 일이다. 그래서 사업가는 악당이다. 악당은 초라하지 않다. 악당은 누구보다 품격 높게 행동한다. 악당의 말은 달콤하고, 행동은 세련되다. 자신의 이익을 위해 돈을 투자하는 일에 서슴이 없다. 우리 모두 악당의 심장을 가지고 살아간다.

악당은 인문학을 좋아한다. 어느 종편 채널에서는 마키아벨리Machiavelli의 《군주론IL PRINCIPE》을 주제로 강연 쇼가 펼쳐졌다. 연사는 당시 피렌체의 상황이 대한민국의 현재 정세와 너무 흡사하다고 주장했다.

주변의 밀라노, 나폴리, 로마, 베네치아 같은 강대국의 패권 싸움에 휘말렸던 피렌체와 현재 미국, 중국, 러시아, 일본과 대한민국의 관계가 흡사하다는 것이다.

그런데 이념, 제도, 종교, 지형학적 위치도 다를 뿐 아니라 인구 10만 명, 대한민국 면적의 1/1000에 불과한 작은 공국에서 무엇을 배워야 한다는 걸까? 심지어 피렌체는 분단국가도 아니었다. 이런 식의 공부법이 기업을 악당으로 만든다.

기업들은 인문학에서 창조를 찾는다. 창조는 신의 영역이다. 하지만 인문학은 인간의 학문이다. 한국의 기업들은 여전히 인문학을 사랑한다.

2000년 초반, 창조를 통해 성과를 내자는 한 대기업의 캐치프레이즈가 기업의 인문학 열풍을 탄생시켰다. 인문학의 본질은 자연이나 신이 아닌 인간을 공부하는 것이다. 그럼에도 한국 기업들은 현재의 인간보다 그리스 로마신화에 열광했다.

그럼에도 인문학은 소중한 학문이다. 성과와 전진만 외치는 기업문화에 작은 휴식이 되어주었다. 뒤를 돌아보고 과거에서 미래를 음미하라는 메시지도 알려주었다.

하지만 인문학은 일자리를 만들지 못했다. 인문학은 4차 산업혁명에 대한 어떠한 예측도 제시하지 못했다. 우리가 공부한 인문학에는 군주만 있고 민주가 없었다. 그리스와 로마의 인문학은 대한민국 기업들에게 인간의 존엄을 가르치지 못한 것이다.

대한민국의 대기업은 갑질의 상징이다. 대기업이 인문학을 조금만 진심으로 공부했다면 크게 달라졌을지도 모른다. 돈 버는 인문학 강사보다 존경받는 인문학자가 많아지는 일에 투자했다면 크게 달라졌을지도 모른다. 결국 기업의 인문학은 갑질을 줄이지 못했다. 악당을 포장하는 좋은 액세서리로 전락해 버렸다.

코로나 이후 시대의 화두는 생존이다. 언제 누가 망할지 모른다. 악당도 영웅도 생존만이 살길이다. 중국 유럽국제경영대학원 교수 겸 중국혁신센터 소장인 조지 입George Yip은 이렇게 말했다.

"행동이 생각을 만든다. 그 반대가 아니다. 혁신적 아이디어를 위해선, 일단 행동을 하라. 생각은 그다음이다."

생존의 시대에는 착한 악당이 되어야 한다. 착한 악당이란 망하지 않는 사람이다. 기업이 망하면 악마가 된다. 악마가 되지 않으려면 인간성을 회복해야 한다. 직원과 파트너가 존엄해져야 한다. 그래야 기업의 인간성이 회복되고, 행동하는 기업문화가 만들어진다.

온전한 인간으로 대접받는 직원과 파트너만이 고객을 인간으로 대접할 수 있다. 직원을 폭행하고, 성추행하고, 복종을 강요하는 문화는 지옥이다. 지옥은 악마의 고향이다. 악마가 되지 않으려면 인문학의 본질로 돌아가 인간학을 배워야 한다. 인문학은 인간학이다.

---

착한 사람은 없다. 세상이 착하지 않기 때문이다. 누구나 악당이 될 수 있다. 독하게 스스로를 단련해야 악당이 되었을 때 구원받을 수 있다. 공익을 조금씩 습관으로 만들면 착한 악당이 될 수 있다.

12

# |승부|

勝
負

Match

"피할 수 있다면 피하고 싶었습니다.
이길 수 있다면 이기고 싶었습니다."

– 영화 〈퍼펙트 게임Perfect Game〉의 대사 중에서

승부는 두렵다. 여럿이 하는 단체전보다 일대일의 승부가 더 두렵다. 하나의 적보다 여럿의 적을 상대하기가 더 쉬울 수 있다. 승부는 변수와의 싸움이기 때문이다.

둘만의 승부에는 변수가 많지 않다. 변수가 많을수록 승부는 예측하기 힘들어진다. 승부사는 변수를 예측하기 전에 변수가 많은 승부의 조건부터 만든다. 그래야 상대를 흔들 수 있기 때문이다.

상대를 흔드는 건 나의 실력이다. 실력은 관찰을 통해 성장한다. 승부의 시작은 상대를 알아가는 일이다. 현재 나의 상태와 상대의 상태를 비교해야 승부처가 보인다. 승부처를 찾으면 그때부터 나를 단련시켜야 한다.

단련은 채우기만 하는 일이 아니다. 승부를 위해선 때로 감량도 필요하다. 승부는 언제나 예측 불허다. 룰이 공정하지 않은 경우도 무수히 많다. 생각의 승부는 스포츠와는 다르다. 생각의 승부에는 체급이 없다. 체급이 작다고 혜택이 주어지지 않는다. 그래서 경험이 적을수록 특별한 경쟁력을 갖추어야 한다.

영화 〈반지의 제왕The Lord of the Rings〉은 호빗족 프로도 베긴스의 모험 이야기이다. 수많은 전사와 마법사, 화려한 영웅들이 등장하지만 결국 가장 작고 약해 보이는 프로도가 세상을 구한다. 소설《호빗The Hobbit》의 작가 톨킨J.R.R. Tolkien은 아이들이 세상의 주인공이라 믿었다. 호빗은 작은 아이들을 상징한다. 아이들의 생각은 순수하고 기발하다. 아이들은 작은 거인이다.

작은 거인은 4가지 경쟁력을 갖춘 사람이다. 첫째, 두려움을 직시한다. 아무리 강한 사람에게도 두려움은 있기 마련이다. 두려움을 극복하는 특별한 방법은 없다.

인간의 가장 큰 두려움은 죽음이다. 죽음을 피할 수 있는 사람은 없다. 가장 강한 사람도 내일 죽을지 모른다. 작은 거인은 죽음을 직시한다.

둘째, 평범함을 거부한다. 모험을 떠나기 전, 프로도의 삶은 윤택했다. 하지만 평범한 삶이었다. 간달프의 제안을 받은 프로도는 모험을 망설이지 않는다. 작은 거인에게 평범함은 나쁜 것이기 때문이다. 이와 관련한 존 F. 케네디John F. Kennedy의 말이 있다.

"너는 왜 평범하게 노력하는가? 시시하게 살길 원하지 않으면서!"

셋째, 작은 거인은 호기심이 많다. 호기심과 발전 욕구가 충만하다. 관심이 있는 것들을 공부해서 나의 동력으로 삼는다.

마지막으로 작은 거인은 쉽게 포기하지 않는다.

작은 회사가 망하는 이유는 뭘까? 부도가 나서 망하는 건 큰 회사의 경우다. 작은 회사는 어음을 쓸 수 없기 때문에 부도날 일도 없다. 그럼 왜 망할까? 사장이 포기하기 때문이다. 회사는 돈 몇 푼이 아니라, 승부의지를 내려놓는 순간 망한다. 망하는 것도 싸우는 것도 모두 나의 의지다.

"아직 아냐, 아직 아냐,
아직 아냐, 아직 아냐,
지금이야!"

– 영화 〈리얼 스틸Real Steel〉의 대사 중에서

생각의 승부에도 규칙은 있다. 하지만 규칙이 작은 상대를 보호해 주지는 않는다. 나보다 큰 상대와 승부할 때는 특별한 생존 기술이 필요하다.

영화 〈리얼 스틸〉은 버려진 스파링 로봇 아톰이 세계 로봇 챔피언 대회에 도전하는 이야기다. 아톰은 고물 처리장에 버려져 있었다. 발견 당시엔 말 그대로 폐품 수준이었다. 현역으로 뛰기에는 한 세대 뒤처진 로봇이었다. 그런데 아톰에겐 몇 가지 특별한 기능이 숨겨져 있었다.

첫째는 강한 맷집이다. 아톰은 스파링 로봇이다. 선수가 아닌 연습 상대로 만들어졌다. 스파링 로봇은 큰 로봇들을 자주 상대해야 한다. 그래서 처음부터 맷집 중심으로 설계됐다. 맷집은 버티는 힘이다. 맷집은 타고나는 것이 아니라 훈련하는 것이다. 작은 것은 생존에 불리하다. 그래서 특별한 생존 기술이 발달하기 마련이다.

아톰은 작아서 빠르다. 최종 보스인 제우스와 싸우기 전까지, 특유의 스피드를 이용해서 메트로, 식스 슈터, 블랙 톱, 트윈 시티즈를 차례로 물리친다. 빠르다는 것은 물리적인 의미만이 아니다.

아톰을 조종하는 찰리 켄튼은 복서 출신으로 매우 빠른 눈썰미를 갖고 있다. 몸만큼 머리도 빨라야 이길 수 있다. 아톰의 마지막 숨은 기술은 상대의 움직임을 완벽하게 복사하는 섀도 모션이다. 섀도 모션 기능은 키보드나 음성인식보다 반응 속도가 빠르다. 또한 기계가 흉내 내기 힘든 인간의 움직임을 습득할 수 있다. 아톰의 섀도 모션은 상대의 결핍을 나의 경쟁력으로 바꾸는 기술이다. 승부는 바로 이 순간에 결정된다.

"이 바닥엔 영원한 친구도, 원수도 없어."

– 영화 〈타짜〉의 대사 중에서

2008년의 일이다. 나의 회사가 서비스를 시작한 예술을 활용한 조직 활성화 프로그램 '팀버튼'은 언론과 업계의 주목을 받고 있었다. 아카펠라를 활용한 '소통' 프로그램은 1년에 100회 이상 판매되며

히트 제품이 되었고, 매출도 매월 2배씩 성장 중이었다.

성공이 눈앞에 보였다. 그런데 갑자기 경쟁자들이 대거 등장하기 시작했다. 이 분야는 특허 등록이 큰 영향을 발휘할 수 없는 영역이었다. 아이디어 도용을 호소할 수 있는 방법도 마땅히 없었다.

힘겨운 싸움이 시작됐다. 작은 경쟁자들은 낮은 가격을 무기로 우리를 위협했다. 우리 제품의 절반 가격에 서비스를 제공하면서 기존 고객들을 유혹했다.

여기서 끝이 아니었다. 처음 두세 개에 불과하던 비슷한 규모의 경쟁사는 2년도 안 되는 사이에 수십 개로 불어났다. 우리를 둘러싸고 전선은 복잡해졌다. 이대로 망할 수는 없었다. 승부를 걸어야 했다.

내가 선택한 전략은 '하이엔드'였다. 낮은 가격의 시장을 적에게 내주고, 작지만 규모가 큰 시장에 주력하기로 결정했다. 저가 시장은 넓지만 경쟁이 치열하다. 그 치열한 전장에서 모두와 승부하는 일은 비효율적이라고 판단했다. 전략은 성공했다. 그들끼리의 격전이 펼쳐졌다. 하지만 곧이어 하이엔드 시장에서 더 큰 승부가 발생했다.

큰 규모의 중견기업이 우리 시장에 진입했다. 대기업 컨설팅을 수십 년 넘게 진행해온 매출액이 수백억 원이 넘는 컨설팅 회사였다. 그들은 오랜 시간 치밀하게 준비한 것처럼 보였다. 컨설팅 회사를 필두로 문화기획사와 유명 극단이 연합전선을 구축했다.

그들이 출시한 교육 뮤지컬은 명품이었다. 연합군은 이후에도 엄청난 규모의 하이엔드 제품을 연이어 시장에 내놓았다. 승부를 직시해야 했다. 몇 날 며칠 경쟁사 제품을 다양한 관점으로 분석했다. 분석을 하다 보니 약점이 보였다. 약점은 의외로 내가 간과했던 단순한 곳에 있었다.

연합군은 처음에는 강해 보일 수 있지만 수익 배분에서는 큰 약점을 드러낸다. 수익을 많은 주체가 나누어야 하기 때문이다. 일이 많아지고, 매출이 늘어날수록 기여도를 두고 연합군의 갈등은 커질 수밖에 없다.

전쟁이 끝나고 같은 편들이 논공행상에서 갈라서는 것과 같은 맥락이다. 결국 가격경쟁력이 약해질 수밖에 없다. 내가 작은 경쟁자들에게 수차례 당했던 저가공세를 하이엔드 시장에서 역으로 활용했다. 성공이었다. 큰 경쟁자는 시장에서 철수했다.

몇 년이 지나고, 술자리에서 한 통의 전화를 받았다. 대기업 인사교육 팀에 근무하는 후배였다. 우연히 나의 예전 경쟁자였던 회사에 전화를 걸어 교육 프로그램을 구매할 수 있냐고 물었더니, 이런 답변이 돌아왔다고 했다. 이제 본인들은 그 시장에서 철수했고, 만약 필요하시면 김우정 대표님의 팀버튼을 추천한다고.

승부는 끝난 것이 아니었다. 그들은 나보다 훨씬 큰 가슴으로 살고 있었다. 생각의 승부는 결코 끝나는 법이 없다. 승부에는 영원한 승리도 영원한 패배도 없다. 진정한 승부사는 꾸준히 나를 단련하면서 또 다른 적을 기쁘게 기다린다. 승부사는 승리를 즐기는 사람이 아니라, 또 다른 승부를 기다리며 준비하는 사람이다.

2010년에도 경쟁사 한 곳이 혜성같이 등장했다. 강연기획이라는 매력적인 키워드를 내세우고 유명한 연예인들의 강연 콘서트를 앞세워 시장을 장악하기 시작했다.

내가 주력하던 사업과 분야가 많이 겹쳤다. 선배들은 참조를 강요했고, 우리 직원들조차 그 회사를 동경했다. 난 자존심이 상했지만, 일단 지켜보기로 했다. 1년 후, 그들은 굴지의 대기업 행사를 대행하며 더욱 승승장구하기 시작했다.

2년 후, 그들은 갈수록 유명해졌고 4년 후에는 우리 회사에서 근무하던 직원들이 그 회사로 이직하기 시작했다. 5년 후, 그 회사는 갑자기 사회적 기업이 됐다. 그리고 7년 넘게 줄기차게 들려온 이야기는 재무적 위험성에 대한 주변의 경고였다. 그리고 얼마 전, 직원의 70%가 집단 퇴사했다는 뉴스를 들었다. 그리고 그 기업은 최근 기업회생절차를 신청했다. 8년 전 모두가 열광했던 기업의 추락이었다.

많은 연예인들과 사회 저명인사들, 스타트업계의 멘토들과 언론들이 열광하던 기업. 나의 주변과 직원들, 정치권까지 하나같이 찬양했던 기업이었다. 그 추락의 책임은 대표 1인만의 몫일까?

잘 모르겠다. 누구의 잘못인지. 모두가 그들을 따라 하라고 할 때, 나는 나의 길을 걸었고, 지금도 살아남았다. 하지만 아직 승부는 끝나지 않았다. 승부는 끝이 없어서 두렵다.

"바다를 버리는 것은
조선을 버리는 것이다."

– 영화 〈명량〉의 대사 중에서

사업의 승부에 체급은 없다. 큰 기업이 훨씬 유리하다. 그렇다고 작은 기업이 지기만 하는 것은 아니다. 작은 기업이 이기는 방법은 많다.

작은 기업은 빠른 속도와 깊은 배려가 강점이다. 작은 기업의 마케팅은 빠르고 깊어야 한다. 그래야 큰 기업과 승부할 수 있다. 경기가 나쁠수록 큰 기업은 불리하다. 예측이 힘든 시대에는 빠른 기업이 유리하기 때문이다.

작은 기업의 마케팅은 힘들다. 정보도 많지 않고, 전담 인력도 없으며, 심지어 예산도 적다. 그래도 생존을 위한 마케팅 경쟁력은 필수다. 중소기업의 마케팅을 광고, 홍보, 영업과 혼동하지 말자.

중소기업에게 광고는 Buy me, 홍보는 Love me, 영업은 Kiss me, 그리고 마케팅은 Brand me이다. 결국 모두 회사의 제품과 서비스를 고객에게 각인시키는 일이다.

첫째도 고객, 둘째도 고객, 마지막도 고객이다. 대기업의 고객층은 매우 넓다. 당연히 광고와 홍보가 효과적이다. 하지만 중소기업의 고객층은 제한적이다.

핵심 고객에 집중하는 일이 중요하다. 사실 중소기업은 고객을 잘 모른다. 시스템도 없고, 연구도 하지 않는다. 당연히 고객의 결핍도 모른다. 1명이라도 좋다. 지금부터 고객 명단을 만들고 관리하자. 리스트가 먼저다.

홈페이지가 첫인상이다. 첫인상이 인식을 지배한다. 명단을 만들었다면 고객을 만나야 한다. 홈페이지부터 시작하자. 홈페이지에 우리 회사가 보여주고 싶은 정보만 잔뜩 넣지 말자.

고객이 원하는 정보 중심으로 바꾸자. 혹시 모바일에서 당신의 홈페이지를 접속한 적이 있는가? 모바일이 먼저다. 아직도 웹에 집중하고 있다면 지금 당장 바꾸어야 살아남는다.

고객 명단과 괜찮은 홈페이지가 구축되었다면 이제 고객을 만나러 갈 시간이다. 뉴스레터부터 시작하자. 좀 더 세련된 디자인이 필요하다면 포토샵을 직접 배우자. 평생 도움이 될 것이다.

그럴 시간이 없다면 디자인 플랫폼을 찾으면 된다. 무엇보다 중요한 건 제목이다. 고객은 제목만 보고 메일을 지운다. 뉴스레터는 제목에 모든 열정을 쏟아야 한다.

SNS는 고객과 친구로 지내는 사교클럽이다. 블로그, 페이스북, 트위터, 인스타그램, 텀블러 등 활용할 채널은 너무나 많다. 제조업, 서비스업, IT 기업, B2B, B2C, B2G 등의 기업 성격에 따라 활용해야 할 소셜 네트워크는 다르다. 일단 개설하고 테스트해야 한다. 반응이 오는 플랫폼을 발견했다면, 이제 콘텐츠에 집중해야 한다.

콘텐츠는 고려할 것이 많은 숙제다. 광고, 홍보, 영업, 홈페이지, 뉴스레터, SNS는 도로와 같다. 도로에는 차가 다녀야 한다. 콘텐츠는 길 위의 자동차다. 콘텐츠의 형식은 텍스트, 이미지, 사운드, 미디어로 구분된다. 콘텐츠의 내용은 회사의 컨셉과 같은 방향이어야 한다.

장르부터 결정하자. 우리 브랜드의 정체성이 액션, 로맨스, 판타지 또는 드라마인지 규정하자. 커뮤니케이션은 꾸준함이 신용이다. 시간과 열정이 자산이다. 결국 꾸준한 커뮤니케이션이 회사의 브랜딩으로 연결된다.

커뮤니케이션은 고객과의 약속이다. 매주 발송하던 뉴스레터를 한 주라도 쉬는 일은 모든 노력을 허사로 만든다. 휴가 기간에 SNS 채널을 쉬는 일은 인간관계를 정리하겠다는 선언이다. 진심을 담아 꾸준히 고객과 대화하자. 그것이 전부다.

중소기업의 최고 마케터는 사장이다. 위의 모든 활동을 사장이 할 줄 알아야 한다. 권위가 떨어진다고 생각한다면 당신보다 나은 마케터를 뽑아라. 대신 전권을 부여하자. 당신이 모르는 일을 전문가에게 지시할 수는 없는 노릇이다.

사장의 마음에 들지 않거든, 마케팅을 직접 해야 한다. 마음에 드는 중소기업 마케터는 찾기도 힘들고 만나기도 힘들다. 결국 사장이 마케터다.

작은 기업의 마케팅은 대박을 노리지 말고, 백 년 기업을 꿈꾸어야 한다. 강한 기업이 살아남는 시대가 아니라 살아남은 기업이 강하다고 인정받는 시대다. 중소기업의 마케팅은 100년 동안 기억되는 제품과 회사를 만드는 브랜딩이다. 긴 호흡으로 하나씩 시작해야 한다. 두려움은 직시하면 그뿐이다. 살아남는 것이 승부에서 이기는 가장 좋은 방법이다.

영원한 승부는 없다. 승부는 시작보다 끝이 중요하다. 잘 끝낼 줄 알아야 이길 확률이 높아진다. 잘 사는 것보다 잘 죽는 일이 중요하다. 결국 인생은 자신과의 승부이기 때문이다.

13

# 체계

## 體系

System

"인간의 욕심은 끝이 없고,
같은 실수를 반복한다."

– 영화 〈글래디에이터Gladiator〉의 대사 중에서

체계는 시스템이다. 시스템은 실수를 줄이는 일이다. 시스템은 짜임새가 있다. 하지만 어떤 시스템도 완벽할 수 없다. 시스템은 그릇이다. 그릇은 결국 깨지기 마련이다. 깨지지 않는 그릇을 만들 수는 없다. 그릇이 깨진다는 것을 믿고, 더 나은 그릇을 준비하는 일이 시스템이다. 시스템은 계속되는 진화를 통해 완성된다.

인간은 실수하는 동물이다. 시스템은 실수를 방지하는 기술이면서 생활을 편하게 만드는 기술이다. 시스템에 투자하는 사람이 더 오

랫동안 성과를 만든다. 사람도 시스템이다. 사람의 체계는 가장 완벽에 가까운 시스템으로 설계되었다. 인체의 시스템은 마치 우주를 닮았다.

사람의 몸은 시스템이다. 생명은 가장 완벽한 시스템이다. 우리의 몸은 세포로 구성되어 있다. 세포 하나하나는 살아 있는 생명체다.

세포라는 최소 단위로 구성된 우리의 몸은 10개의 체계로 구분된다. 골격계, 근육계, 순환계, 호흡계, 소화계, 신경계, 피부계, 비뇨기계, 생식계, 내분비계가 그것이다. 각각의 계系는 매우 정밀하게 짜여 돌아가며 생명을 움직인다. 우리 몸처럼 회사도 유기체고 시스템이 필요하다.

골격계는 회사의 핵심경쟁력이다. 기업의 핵심경쟁력은 제품 또는 서비스의 경쟁력과 사람의 경쟁력으로 구분된다. 우리 몸의 골격계는 척추와 치아로 구성된다. 제품과 서비스가 척추라면, 인재는 치아다. 척추의 역할은 지탱하는 것이고, 치아의 본질은 분쇄하는 것이다. 핵심경쟁력은 문제를 분쇄하는 인재와 회사를 지탱하는 제품이 작동하는 시스템이다.

근육계는 조직문화다. 근육은 움직이지 않으면 힘이 약해지고 퇴화한다. 근육은 양쪽과 위아래의 균형이 맞지 않으면 균열이 생긴다. 기업의 조직문화는 사람을 움직이는 시스템이다. 성장에 맞춰 근력을 키우고, 서로 다른 조직을 만나게 해서 균형을 맞추고, 수축과 이완을 반복하며 조직문화는 성숙된다.

순환계는 심장, 동맥, 정맥, 모세혈관, 혈구와 혈장으로 구성된다. 경영의 순환계는 생산 시스템이다. 혈구와 혈장은 제품과 서비스다. 제품과 서비스는 심장을 통해 동맥과 정맥, 모세혈관까지 순환한다. 심장은 제1공장이고, 동맥, 정맥, 모세혈관은 생산라인이다. 제품의 선순환 시스템이 생산이다.

호흡계는 폐와 기도이다. 경영의 호흡계는 인사 시스템이다. 인재가 지속적으로 공급되지 않는 회사는 죽는다. 소화계는 유통 시스템으로 대장, 소장, 쓸개, 위, 췌장으로 구성된다. 유통은 제품과 서비스를 고객의 자리에 위치시키는 일이다. 고객이 제품을 찾는 것이 아니라 제품이 고객을 찾게 만드는 일이 유통이다.

신경계는 눈, 코, 입, 귀다. 경영의 신경계는 마케팅 시스템이다. 고객의 의견을 듣고 보고 맡고 나서 회사와 제품의 이야기를 말하는 순서다. 마케팅은 회사의 자리에 제품을 놓고, 제품의 자리에 고객을 놓고, 나의 자리에 너를 놓는 시스템이다. 마케팅 시스템은 24시간 신경 쓰는 일이고, 365일 신경이 쓰이는 일이다.

피부계는 브랜드 시스템이다. 피부는 내피와 외피로 구분된다. 브랜드란 제품의 외피이자, 제품 내면의 철학이다. 피부는 건강상태와 외부환경에 민감하다. 브랜드는 살아 숨 쉬는 피부와 같다. 좋은 화장품을 바른다고 피부의 본질이 좋아지지 않는다. 좋은 제품과 건강한 철학이 브랜드를 빛나게 한다.

비뇨기계는 콩팥, 방광, 요도다. 경영의 비뇨기계는 관리 시스템이다. 경영의 과정에서는 불순물이 생기기 마련이다. 이런 경영의 부산물을 거르고 걸러 사내에 축적하거나 사외로 배출하는 일이 관리의 본질이다. 관리는 생산과 마케팅을 통제하는 일이 아니라 생산과 마케팅의 추진력을 높여줄 수 있어야 한다.

생식계는 연구개발 시스템이다. 생식계는 조직의 신성장동력을 탄생시키는 시스템이다. 생식하지 않는 조직은 노화되어 도태된다. 조직의 노화를 막는 방법은 없다. 꾸준한 연구개발을 통해 또 다른 성장동력을 탄생시켜야 한다. 연구개발이 없는 조직은 빨리 늙고 일찍 죽는다.

내분비계는 호르몬이다. 경영의 호르몬은 리더십이다. 호르몬은 우리 몸의 각 기능을 정상적인 상태로 유지시켜 주고, 인체를 성장하게 하거나, 특징을 드러나게 하는 등의 역할을 한다. 호르몬은 혈액을 타고 표적기관에 작용한다. 최고경영자의 역할은 모든 호르몬을 관장하는 뇌의 시상하부다.

체계를 만들었다면 이제 전원을 켜야 한다. 시스템의 전원을 켜는 일을 절차라고 부른다. 절차는 일을 치르는 데 거쳐야 하는 순서나 방법이다. 입으로 들어온 음식이 식도를 타고 위를 지나 대장과 소장을 거치는 것처럼, 시스템은 정해진 원칙대로 작동해야 문제를 일으키지 않는다. 절차는 약속이고 지키는 일이다.

절차는 만드는 일보다 내재화가 훨씬 중요하다. 절차의 내재화는 경영시스템의 내분비계를 관장하는 호르몬, 즉 리더십의 역할이다. 리더는 모든 절차의 과정을 구성원 누구보다 잘 숙지하고 있어야 하며, 절차가 어긋나거나 멈추면 그에 맞는 호르몬을 표적에 뿌려야 한다. 회의와 보고 등이 모두 절차의 과정이다.

일은 구성원들이 한다. 리더의 일은 호르몬을 산포하는 것이다. 리더는 환경의 변화와 회사의 상황에 맞추어 절차를 재구성해야 한다.

리더가 돈 버는 일에만 집중하면 돈은 벌 수 있다. 하지만 꾸준히 돈을 벌고 싶다면 절차를 만드는 일에 집중해야 한다. 피터 드러커Peter Drucker는 말한다.

"경영자는 심리학, 철학, 경제학, 역사학, 물리학은 물론 윤리학에 이르기까지 인문과학과 사회과학에 대한 지식과 통찰력을 갖추어야 한다. 그리고 이를 효과적으로 활용해 성과를 거두어야 한다."

다시 말해 지식과 통찰력을 바탕으로 아픈 환자를 치료하고, 학생을 가르치고, 다리를 건설하고, 사용자 친화적인 시스템을 설계하고 판매해야 한다.

시스템은 회사가 생명을 다할 때까지 지속되어야 한다. 체계는 리더가 만든다. 회사의 리더는 경영자다. 경영자는 신이 아니지만, 인간을 초월해야 한다. 리더는 누구나 할 수 있다. 하지만 시스템은 아무나 만들 수 없다.

"생각하고 말하는 사람은 없다."

– 영화 〈엑스 마키나Ex Machina〉의 대사 중에서

시스템은 생각이 만든 약속이다. 2008년은 기업교육 프로그램이 한창 잘 팔리던 시절이었다. 국내 최초로 만든 예술을 활용한 조직 활성화 프로그램이었다. 1년에 수백 회나 스케줄이 잡혔다. 매출에는 큰 문제가 없었다. 그런데 엉뚱한 사건이 터졌다. 울산에 출장을 가던 매니저에게 전화가 왔다. 교육이 취소됐다는 연락이었다.

당일에 교육을 취소해? 분명한 갑질이었다. 화가 났지만 함부로 응대할 수 없었다. 굉장히 큰 고객이었기 때문이다. 생각을 시작했다. 고객의 잘못이지만, 우리도 노쇼no-show에 대응하는 체계가 없었다. 시스템 없이 3년을 영업한 것도 신기한 일이었다. 지금이라도 노쇼를 막는 시스템을 만들어야 했다. 처음 해보는 일이었다. 참고할 회사도 별로 없었다.

우선 회사의 시스템을 하나씩 살펴보기 시작했다. 제품 개발은 문제가 없었다. 고객사 피드백을 바탕으로 시장의 욕구에 기반한 제품이 개발되고 있었다. 히트상품의 비율도 일반 제조업보다 높았다. 마케팅 시스템에도 문제는 없어 보였다. 홈페이지를 중심으로 광고, 홍

보, 영업, 상담이 매우 체계적으로 이루어지고 있었다.

고객을 끌어들이고 만족시키는 시스템은 정상이었다. 하지만 불량 주문에 대한 대처가 미흡했다. 모든 주문을 불량 주문으로 상정하고 시스템을 만들면 기존 고객의 불만이 커질 수 있었다. 고민은 의외로 쉽게 풀렸다. 시스템의 내용 이전에 홈페이지에 고객 데이터베이스를 체계적으로 쌓자고 결정부터 하고 웹에이전시를 찾았다.

웹에이전시와 계약을 하자고 제안했다. 웹에이전시 대표는 금액이 크지 않으니 발주서로 대체하자고 역으로 제안했다. 발주서가 뭐지? 처음 듣는 시스템이었다. 발주서는 고객이 제품을 주문할 때 보내는 의뢰서였다. 평소 입찰제안 의뢰서RFP, request for proposal만 알고 있던 내게는 매우 재미있는 시스템이었다. 그런데 문제는 발주서의 절차였다.

발주서는 고객이 우리 회사로 보내는 문서다. 그런데 우리 고객들의 성향상 발주서를 보내는 시간은 오래 걸릴 것이 분명했다. 대기업의 특성상 결재도 받아야 하고, 문서의 형식도 모두 달랐다. 생각을 바꿔보았다. 우리가 발주서를 만들고, 역으로 고객에게 보내달라고 하면 어떨까? 수신처와 발신처만 바꾸어 우리가 절차를 간단하게 만들어주면?

사실 우리 제품은 계약서를 쓰기에는 금액이 크지 않았다. 계약서를 쓰는 것이 거래의 기본이지만, 모든 절차를 지키면 속도 경쟁력이 떨어졌다. 발주서는 그런 측면에서 매우 유용한 시스템이었다.

발주서 시스템을 도입한 이후, 노쇼는 사라졌다. 발주서를 받지 않으면 스케줄을 잡지 않았기 때문이다. 우리의 발주서 시스템은 지금도 지켜지고 있다. 노쇼라는 실수는 발주서라는 시스템을 만나서 영원히 사라졌다.

"그대들에게 가짜일지 몰라도
나에겐 진짜 왕이다."

– 영화 〈광해〉의 대사 중에서

시스템은 약속이다. 사업의 약속은 계약이다. 사장과 직원도 계약서를 쓰고, 회사와 회사도 계약서를 쓴다. 계약서는 믿음의 징표이자, 배신을 예방하는 보험이다. 믿을 수 없어서 쓰지만, 믿기 위해 쓰는 것이 계약서다. 계약서는 회사의 시스템을 대표하는 문서다. 그런데 모든 회사에 똑같이 적용되는 계약서의 절차가 있다.

갑과 을. 계약서 첫 문장에 어김없이 등장하는 단어다. 하나가 갑이면, 하나가 반드시 을이 되어야 한다. 수십 년 동안 아무 의심 없이 쓰고 있는 관습이다. 갑과 을로 계약하는 순간 평등은 사라진다. 계급이 생기는 순간 믿음은 약해진다. 믿기보다 눈치를 보는 일이 많아진다. 계약서의 갑을 표기는 고칠 수 있는 시스템이다.

나도 사업을 시작하고 7년 넘게 계약서에 갑을을 표기했다. 내가 돈을 받으면 '을'이 되고, 내가 돈을 주면 '갑'이 되는 방식이었다. 아무런 의심도 없었다. 그런데 어느 날, 한 회사와 제휴를 맺게 되었다. 그 회사가 보내온 계약서 초안에는 갑을이 없었다. 대신 '친'과 '구'가 적혀 있었다. 내 눈을 의심했다. 상대 회사 대표에게 전화를 걸었다.

어떻게 이런 시스템을 만드셨나요? 상대 회사 대표도 10년 넘게 아무 의심 없이 갑을을 썼다고 했다. 그러다가 '갑'으로부터 심한 갑질을 당하고 생각이 바뀌었다고 했다.

처음 어떻게 관계를 설정하느냐가 사업의 성패를 가르는 본질이라고 했다. 그래서 본인 회사의 하청계약부터 '친구'로 명칭을 바꾸었다고 했다. 이후 나도 고객사와의 계약서를 자연스럽게 바꾸었다.

지금도 우리 회사의 기본 계약서는 '친'과 '구'로 병기한다. 계약서를 다시 꺼내 볼 때마다 흐뭇하다. 친구가 한 명 더 생긴 기분이다. 이후 우리는 절차를 진화시켰다. 계약의 성격에 따라 '영'과 '웅' 또는 '상'

과 '생' 등으로 응용하기 시작했다. 심지어 '부'와 '부'로 명기한 계약서 도 생겼다. 시스템은 파괴다. 썩은 것을 부수고 새롭게 하는 일이다.

---

《손자병법孫子兵法》의 도천지장법道天地將法을 기억하자. 뜻을 세우고, 때를 기다리며, 싸울 곳을 찾아서, 적당한 사람을 내세운 후에 체계를 만들어야 한다. 모든 일의 순서는 이를 크게 벗어나지 않는다.

# 습관의 참맛

14. 습관

習慣 / Practice

15. 변화

變化 / Change

16. 약속

約束 / Promise

# 14

# |습관|

習
慣

Practice

"네 안의 포스를 믿어보렴, 루크."

– 영화 〈스타워즈〉의 대사 중에서

습관은 과학이다. 듀크대학의 연구에 따르면, 우리 행동의 40퍼센트는 의사결정이 아닌 습관의 결과다. 습관은 무의식의 영역으로 후천적으로 습득된다. 습관은 제거되지 않고 대체된다. 습관은 한 번에 하나씩 집중적으로 바꾸어야 한다. 좋은 습관이 있으면 모든 일에 자신감이 넘친다.

2010년, 런던대학교 제인 워들Jane Wardle 교수는 96명의 참가자를 대상으로 습관 형성에 필요한 기간을 실험했다. 실험 결과, 반복적인 행동은 평균 66일이 지나면 무의식의 영역에 습관으로 자리 잡는다.

우리의 뇌는 회로로 이루어진 신경다발이고, 자극이 반복될수록 회로는 강화된다. 강화된 회로는 늘 같은 방식으로 정보를 처리한다. 이것이 습관의 과학적 원리다. 습관은 과학에 기반한 반복 훈련이다. 반복은 최고의 성과를 만든다.

2014년, 직원들의 연이은 퇴사와 동업자의 변심으로 나의 사업은 좌초 직전이었다. 디스크 시술로 몸도 망가졌고, 심리상태도 정신과 상담까지 받을 정도로 최악이었다. 죽고 싶었다. 운전을 하고 집으로 돌아오다가 갑자기 이석증이 찾아왔다. 급하게 차를 갓길에 세우고 구급차를 불렀다. 응급실 침상에서 한 영화 제작자 선배가 이야기하던 큰스님이 문득 생각났다.

몇 주 후, 어렵게 선배에게 부탁을 드리고 지리산 상훈사를 처음으로 찾았다. 도착하자마자, 톱질을 시작했다. 1시간, 2시간, 3시간… 나무는 채 3cm도 썰지 못했다. 공양을 하고 108배를 드렸다. 곯아떨어졌다. 새벽 4시 30분에 기상해서 다시 108배를 올렸다. 공양을 한 후, 장작을 패기 시작했다. 다시 공양을 하고, 이번엔 산 위에서 장작을 내렸다. 다시 108배…….

"고통이 너를 붙잡고 있는 것이 아니다. 네가 그 고통을 붙잡고 있는 것이다."

떠나기 전날, 큰스님께서 말씀하셨다. 허우대 멀쩡한 놈이 톱질도 못하고 밥도 깨작대며 먹으니 사업이 잘될 리가 없다. 손에 쥐는 힘이 약하니 돈도 못 잡는 것이다. 마음 수양은 나중이고, 몸부터 만들라. 순간 온몸이 울었다. 그래 난 내 몸조차 제대로 모르는 바보였구나. 그리고 절을 내려오다가 다시 울었다.

절에서 반복적인 생활을 하던 3박 4일, 난 지난 10년간 나를 가장 괴롭혔던 고통의 본질을 찾았다. 그건 돈이었다. 회사의 잔고였다. 하지만 절에 있는 동안 난 회사의 통장잔고를 잊고 살았다. 매일 나를 괴롭혔던 통장잔고를 떠올릴 틈이 없을 정도로 몸이 고됐기 때문이다.

집에 오자마자 태어나 처음 스포츠센터로 향했다. 4개월을 하루도 빠지지 않고 악력 운동을 했다. 망해가던 회사는 4개월이 끝날 무렵, 창립 이래 가장 큰 프로젝트를 수주하며 기사회생했다. 절에서 큰스님을 통해 만든 습관이 망해가던 나를 살렸다.

"문제 자체는 문제가 아니야,
진짜 문제는 문제를 대하는 너의 자세지."

– 영화 〈캐리비안의 해적〉의 대사 중에서

상훈사에서 처음으로 습관을 깨달은 지도 몇 년이 지났을 무렵. 이번엔 내 몸이 아니라 아내의 몸에 병이 생겼다. 유방암 1기였다. 수술은 잘 끝났지만, 항암과 이어지는 호르몬 치료는 모두를 힘들게 했다. 그때 큰스님이 다시 나를 산으로 부르셨다.

혼자서 3박 4일의 수행을 시작했다. 첫날 시작한 톱질은 장작 1개 반을 만들었다. 둘째 날 호궤 합장*은 산을 포기할 정도로 고됐다. 스님께 말씀드리고 절을 내려갈까? 고민할 틈도 없이 두 번째 톱질을 시작했다. 장작 5개를 만들었다. 응? 분명히 같은 시간에 같은 톱과 힘으로 썰었는데… 3배가 넘게? 하루만 더 버텨보기로 했다.

셋째 날 호궤 합장, 어떻게 지나갔는지도 모르게 30분이 지났다. 버틴 것이다. 세 번째 톱질은 장작 15개를 썰며 마쳤다. 며칠 만에 내가 바뀐 걸까? 아니다, 그저 몸을 반복시켰을 뿐이다. 반복이 습관을

* 호궤 합장互跪 合掌은 두 무릎을 땅에 대고 상체를 일으켜 무릎부터 머리가 일자가 되게 하고 합장하는 자세를 말한다. 불자가 계를 받을 때 주로 하는 자세로 오랜 세월 지은 허물을 참회하고 수행자로 살아갈 것을 발원하는 것을 의미한다.

만들고, 무의식을 바꾼 것이다.

스님께서는 아내의 병도 나의 잘못된 습관 때문이라 하셨다. 그래서 난 오늘도 계속 나만의 습관 감옥을 만들고 있다. 습관은 매시, 매일, 매월, 매년 단위로 계속 훈련해야 한다. 나에게 습관은 목숨이다.

"인생의 후반부는 인생의 전반부 동안 얻은 습관들로 이루어진다."

도스토예프스키의 말이다.

---

좋은 습관은 나를 변화시킨다. 나쁜 습관은 나를 퇴화시킨다. 인생의 고민은 습관 만들기로 대부분 해결된다. 꾸준히 좋은 습관을 만드는 훈련만으로도 나를 변화시키기에 충분하다.

15

# 변화

變化

Change

"단순하고 작은 생각이 모든 것을 바꾼다."

– 영화 〈인셉션Inception〉의 대사 중에서

변화는 쉽지만 어렵다. 변화는 작게 시작해서 크게 끝난다. 작은 정성이 모여서 큰 결과를 만든다. 변화가 쌓이면 혁신이 된다. 내가 바뀌면 세상이 바뀐다. 나의 변화가 세상을 혁신한다. 변화는 멈추지 않는 행동이다. 변화가 지속되면 진화가 된다. 진화는 더 나은 방향으로의 변화다. 변하는 것만이 살아 있다. 변하지 않으면 죽는다.

2005년 겨울이었다. 후배 한승모는 아카펠라 가수이자 선생님이고 언제나 내게 좋은 후배였다. 대학로 술집에서 그를 만났다. 어두운

골목길로 나와 담배를 물었다.

그가 갑자기 울었다. 아카펠라를 도와달라고 했다. 형은 마케터니까 방법을 찾아달라고 떼를 썼다. 눈물이 머리에서 떠나지 않았다. 그 날부터 독하게 변화를 찾았다. 팀버튼이라는 회사는 그렇게 세상에 태어났다.

기업에는 갈등이 많다. 갈등은 잘 해결되지 않는다. 그래서 꾸준한 갈등해결 활동이 필요하다. 기업은 이런 활동을 조직문화 활성화 또는 팀빌딩team building이라고 부른다. 매우 전문적인 영역이다. 아카펠라는 목소리로 화음을 만드는 화합의 결정체다. 아카펠라의 컨셉은 하모니다. 아카펠라로 기업의 갈등을 줄이고 하모니를 만들 수 있을 거라는 생각이 떠올랐다.

예술과 기업교육의 절묘한 결합이었다. 나와 한승모가 함께 개발한 아카펠라 하모니 교육은 날개 돋친 듯 팔렸다. 새로운 아카펠라 시장이 탄생했다.

지금도 아카펠라는 대한민국 팀빌딩 프로그램의 꽃이다. 12년 동안 1,500곳의 기업과 7,000회 이상의 프로그램을 진행했다. 12년간의 누적매출액은 150억 원에 육박했다. 대한민국 30만 명 이상의 직장인이 아카펠라로 팀워크를 만들었다. 독하게 만든 변화는 생명이 길다.

변화는 과거를 무시하지 않는다. 므두셀라Methuselah는 노아Noah의 할아버지다. 구약성서에 따르면 969살까지 살았던 인물로 장수의 상징이다. 그는 나이가 들수록 좋았던 과거로 돌아가고 싶어 했다. 이런 고사에 빗대어, 불안한 현실에서 벗어나 과거의 확실했던 행복으로 회귀하려는 심리를 '므두셀라 증후군'이라고 부른다.

배우 강우혁을 만난 건 10년 전이다. 타악을 활용한 조직문화 프로그램을 구상 중일 때였다. 주변에 수소문해서 타악 배우들을 소개받았다. 그중에 강우혁이 있었다. 키도 크고, 건장한 체격에 성실함까지 갖춘 좋은 배우였다.

그는 〈난타〉와 함께 비언어극의 전성시대를 열었던 〈도깨비 스톰〉의 배우였다. 주인공은 아니었지만 공연이 끝나면 언제나 가장 크게 박수를 받는 역할을 매우 오랜 시간 경험한 베테랑이었다. 그래서 그는 배우에 안주하려 했다.

하지만 나에게는 그가 필요했다. 나는 200명의 예술가와 일하는 회사의 대표였지만, 예술가 출신이 아니었다. 예술가를 더 깊이 이해하는 예술가들의 리더가 필요했다. 그래야 내가 더 경영에 집중할 수 있다고 믿었다. 강우혁에겐 변화의 중요성을 설득했다.

담배를 피우다가 그에게 물었다. 무대가 그립다면 감독을 해보면 어떻겠냐고 제안했다. 세계 최초의 예술교육 연출가를 해보자고 말했다. 그는 고민하다가 결국 수긍했고 그날 이후, 많은 대화를 나누기 시작했다. 예술교육 연출이라는 주제의 책도, 전문가도 없었다. 처음부터 끝까지 우리가 시스템을 만들어야 했다.

1년 후, 우리에게 큰 기회가 찾아왔다. 국내에서 가장 큰 기업이 신입사원 입문교육을 의뢰한 것이다. 지금부터 실전이었다. 우리에게 주어진 미션은 500명의 신입사원을, 20시간 연습시켜서, 2시간짜리 종합뮤지컬을 무대에 올리는 일이었다. 투입되는 예술가와 스태프만 100명이 넘는 큰 무대였다.

변화는 고정관념에 대한 도전이다. 일반 공연과 가장 큰 차이는, 연기를 모르는 배우 500명을 모두 무대에 세워야 한다는 지상과제였다. 겁이 났다. 하지만 해내야만 했다. 그와 1년 넘게 나눈 대화를 복기했다.

최초는 참고할 것이 없다. 그냥 하는 거다. 그렇게 첫 공연이 무사히 끝났다. 신입사원 설문분석 결과 평균 99.3점이었다. 신입사원 교육을 시작한 이후, 가장 높은 점수라고 했다. 이후 3년간 우리는 이 점수를 유지했다.

3년이 지난 후, 대한민국 대기업 채용제도에 큰 변화가 시작됐다. 고객사의 신입사원 공채제도가 수시채용으로 바뀐 것. 대규모 공채 인력이 사라지면서 당연히 우리의 입문교육도 사라지게 되었다. 하지만 우리의 프로그램이 사라지는 것은 아니다. 코로나19로 대한민국 교육업계 전체가 힘든 지금도 마찬가지다. 7일을 위해 7년을 땅 밑에서 사는 매미처럼, 커다란 변화는 큰 인내를 요구한다. 우리는 곧 다시 꽃필 것이다, 분명히.

"단념하면 바로 그때 시합은 끝나는 거다."

– 만화 〈슬램덩크スラムダンク〉의 대사 중에서

변화는 발상에서 시작된다. 발상은 새로운 생각이다. 세상에는 무수히 많은 발상법이 있다. 발상법은 변화를 시도하는 훈련이다. 발상은 훈련으로 완성된다. 처음부터 좋은 생각이 떠오르지는 않는다. 몇 가지 발상법을 습관화하면 좋은 발상을 만들 확률이 높아진다. 몸으로 익히면 머리가 자동으로 발상을 만든다.

사슬 발상법은 빠르게 유일한 개념을 만들 때 유용하다. 길게 연결된 사슬chain을 떠올려보자. 고민이 되는 단어를 사슬의 첫 고리에 놓는다. 첫 고리를 보고 떠오른 첫 단어를 다음 고리로 연결한다. 그 고리를 보고 떠오른 단어를 그다음 고리로. 이렇게 단어를 계속 연결해 나간다.

규칙은 하나다. 제한된 시간에 가장 먼저 떠오른 단어. 1초 안에 한 단어. 이렇게 30초만 진행한다. 생각이란 단어로 예를 들면 이렇다.

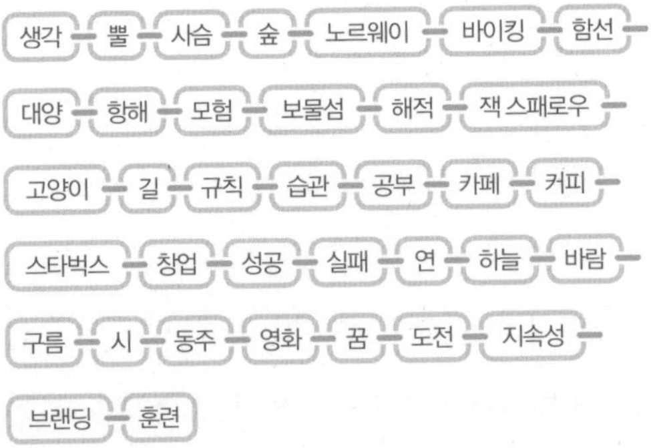

생각 – 뿔 – 사슴 – 숲 – 노르웨이 – 바이킹 – 함선 –
대양 – 항해 – 모험 – 보물섬 – 해적 – 잭 스패로우 –
고양이 – 길 – 규칙 – 습관 – 공부 – 카페 – 커피 –
스타벅스 – 창업 – 성공 – 실패 – 연 – 하늘 – 바람 –
구름 – 시 – 동주 – 영화 – 꿈 – 도전 – 지속성 –
브랜딩 – 훈련

다음 순서는 첫 고리의 단어와 나중에 떠오른 단어들을 결합한다. 첫 고리의 단어가 고민 또는 해결해야 할 문제다. 사슬 발상법은 이름을 지을 때 유용하다. 생각이란 컨셉으로 제품, 회사 또는 공간의 이름을 짓는다고 가정해보자. 1개의 단어와 연결된 29개의 합성어가 완성된다. 그중 좋은 조합만 다시 정리한다.

다시 정리된 9개의 합성어 중에서 유일한 개념만 남긴다.

생각 해적

이 단어를 함께 협업하는 사람들과 의논한다. 반대가 많으면 다시 사슬 발상을 한다. 이렇게 하루만 반복한다. 처음에는 알람시계를 맞추고 종이에 적으면서 하는 편이 좋다. 몸으로 익혀야 습관이 되고, 완전히 습관화되면 머리로도 사슬 발상이 가능해진다. 발상법이 습관화되면 1분 만에 단 하나의 유일함을 만들 수 있다.

마방진*을 활용하면 보다 복잡한 발상이 가능하다. 마방진은 3,000년 전 중국 우나라에서 기원했다. 수학용어로 각 원소가 n의 제곱의 수로 이루어져 있고, 각 행의 원소의 합과 각 열의 원소의 합, 그리고 대각선에서의 n개의 원소의 합이 모두 같은 n×n 정사각 행렬을 의미한다. 영어로는 마법의 정사각형magic square이다.

우선 9칸 정사각형으로 시작하자. 정사각형의 제일 가운데에 내가 해결해야 할 핵심 단어를 적는다. 그리고 가운데 단어의 본질이 무엇인지 고민한 후, 남은 8개의 칸에 떠오르는 단어들을 적는다. 그리고 8개 각각의 단어를 다시 다른 정사각형의 가운데에 적은 후, 그 단어들의 본질을 고민해서 다시 8개씩의 단어를 채운다. 이 과정을 10분 안에 완성한다. 만다라트Mandal-Art 발상법도 마방진에서 기원했다.

마방진은 꿈을 설계하는 유용한 도구다. 미국 프로야구에서 뛰는 일본 선수 오타니 쇼헤이大谷翔平는 현재 일본 스포츠계의 아이콘 중

* '마방진魔方陣'에서 '방'은 사각형을 의미하고, '진'은 줄을 지어 늘어선다는 뜻이다. 정사각형에 1부터 차례로 숫자를 적되, 숫자를 중복하거나 빠뜨리지 않고, 가로, 세로, 대각선에 있는 수들의 합이 모두 같도록 만든 숫자의 배열을 의미한다. 예를 들어 3×3 마방진은 1부터 9까지의 숫자를 중복하지 않고 모두 사용하되 가로, 세로, 대각선의 합이 15가 되도록 정사각형 안에 배열해놓은 것이다.
출처: 국립중앙과학관 - 수의 역사(www.science.go.kr)

| 4 | 9 | 2 |
|---|---|---|
| 3 | 5 | 7 |
| 8 | 1 | 6 |

[3×3 마방진]

한 명이다. 2017년 미국 일간지 'USA 투데이'가 선정한 메이저리그 가장 영향력 있는 100인이자 현역 선수로 TOP5에 선정되었다.

그는 고등학교 1학년 때 야구 인생 계획표를 만다라트로 만들었다. 만다라트는 일본의 마츠무라 야스오松村寧雄가 개발한 기법으로 '연꽃 기법'이라고 불린다. 연꽃 기법에 사용되는 차트가 불교의 만다라 형태와 유사하다고 하여 '만다라트'라고 불린다. 쇼헤이는 만다라트 기법의 도움으로 24세에 미국 메이저리그에 진출했다.

"기억은 기록이 아닌 해석이다."

– 영화 〈메멘토Memento〉의 대사 중에서

변화는 누구에게나 고민이다. 경영자는 특히 변화에 대한 고민이 많다. 고민은 입체적이다. 돈만 문제가 아니라 사람도 문제고, 경영자도 문제다. 이럴 때는 차원 발상법이 유용하다. 차원은 크게 3개의 축이다. X축, Y축, Z축.

우선 'XY' 차원 발상법부터 시작하자. 신규사업이 고민이라면 X축을 제품으로, Y축을 시장으로 나눈다. X축의 왼쪽은 기존 제품, 오른쪽은 신규 제품이고 Y축의 위쪽은 신규 시장, 아래쪽은 기존 시장

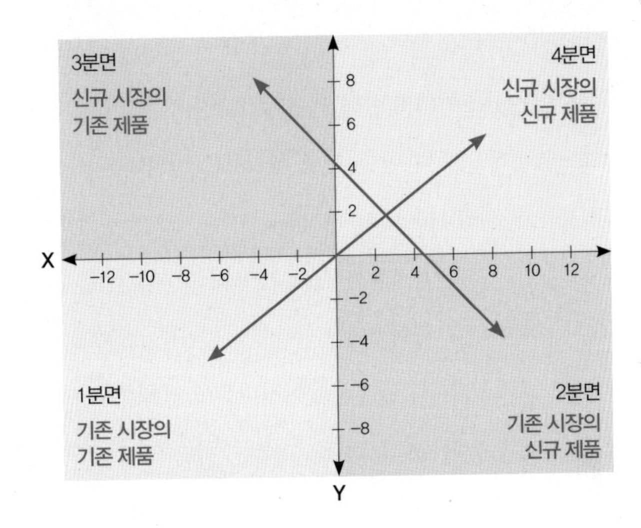


이다. 사업의 변화는 언제나 4가지 방향으로 구분된다. 1분면은 지금 하고 있는 영역이다. 2분면은 제품을 개발해야 하는 영역이고, 3분면은 시장을 찾는 영역이다. 4분면은 제품도 만들고 시장도 개척해야 하는 영역이다. 1분면에서 4분면으로 이동하는 것이 신사업의 본질이다.

그런데 한 번에 가기 힘들다. 2분면을 통해 4분면으로 가든가, 3분면을 통해 단계적으로 4분면으로 가야 한다. 변화는 쪼갤수록 쉬워진다.

반대 발상법은 가장 쉽지만 어렵다. 기존 개념에 반대되는 개념을 떠올리는 훈련이다. 유의해야 할 점은 개념의 반대는 하나가 아니라는 것이다. 반대는 여럿이다. 대척점은 하나가 아니라 여러 개다. 커피의 반대는 홍차일 수도, 콜라일 수도, 케이크일 수도, 분주함일 수도, 만들어 내는 일일 수도 있다. 반대가 여럿이라는 생각에 익숙해지면, 새로운 발상이 보인다.

변화는 새로움이다. 익숙함을 바꾸는 일이다. 완전히 새로운 것은 세상에 없다. 지금 익숙한 모든 것도 처음에는 변화된 새로움이 시작이었다. 변화는 발칙해 보이지만, 금방 익숙해진다. 조금의 변화라도 새로운 것은 처음엔 모두 낯설다.

변화까지 변화시키는 일이 혁신이다. 누구나 혁신을 꿈꾼다. 하지만 도전에서 멈추는 경우가 많다. 혁신革新의 사전적 정의는 '일체의 묵은 제도나 방식을 고쳐서 새롭게 함'이다. 즉, 가죽이 벗겨지는 고통을 이겨내고 새로워지는 일이 혁신이다. 혁신은 변화보다 본질적이고, 발견보다 의도적이며, 모험보다 계획적이다.

혁신의 전쟁에선 현실주의자가 살아남을 확률이 높다. 베트남전에서 포로가 되었다가 살아남은 병사들은 낙관주의자가 아니라 현실주의자였다고 한다.

이를 스톡데일 패러독스Stockdale Paradox라고 하는데, 냉혹한 현실을 냉철하게 받아들이면서 앞으로 잘될 거라는 신념을 갖고 이겨내는 합리적 낙관주의를 말한다. 요컨대 현실을 있는 그대로 보는 태도를 뜻한다. 혁신도 살아남아야 가능하다. 긍정에 대한 맹신은 혁신의 완성을 앞둔 고통의 임계점에서 의지를 배신하는 경우가 많다.

혁신은 혼자서 이룰 수 없다. 훌륭한 전우가 많을수록 혁신의 가능성도 높아진다. 혁신의 과정에는 수많은 인재가 모이고 흩어지기를 반복하면서 혁신의 꽃이 핀다. 만남은 언제나 이별을 수반한다. 혁신의 가장 큰 고통이 바로 헤어지는 일이다. 만남을 즐기듯이 헤어짐도 즐겨야 한다.

혁신의 질주를 시작했으면 눈 옆을 가려라. 경주마는 눈가리개를 한다. 옆을 볼 수 없게 만들어서 오직 결승점을 향해서만 전력 질주하게 만든다. 혁신을 시작했다는 건 이미 목표를 세웠다는 말이다. 혁신의 질주에는 수많은 유혹들이 피어나기 마련이다. 질주를 방해하는 생각과 행동에 스스로 눈가리개를 씌워야 한다.

듣는 것보다 직접 겪어봐야 진리를 배울 수 있다. 대가들의 책은 훌륭한 지식의 보고다. 위인들의 업적은 영감을 주는 지혜다. 하지만 그들의 지식과 지혜가 나의 혁신을 완성시키지는 않는다. 어느 누구도 같은 인생을 살 수 없기 때문이다.

내가 행동으로 경험한 것만이 혁신의 연료다. 공부는 보고 듣고 느끼고 행동해야 완성된다. 혁신의 가격은 흥정의 대상이 아니다. 혁신은 고통의 대가를 치러야 완성된다. 금전과 명예, 때로는 권력이 주어지기도 한다.

하지만 스스로의 가치를 가격으로 환산하지 못하는 경우가 많다. 잘못된 혁신이다. 질주하기 전에 이미 가격표를 만들어 두어야 한다. 가격표가 있으면 흥정은 없다. 물건은 파는 사람이 가격을 정한다.

혁신은 자연스러워야 한다. 모든 것을 걸지 말자. 봄이 꽃을 피우고, 난세가 영웅을 부르듯 혁신이 혁신을 부른다. 한 번의 혁신을 위해 자신의 모든 것을 쏟지 말자. 죽는 순간까지 히든카드 한 장은 숨겨 두어야 한다. 히든카드는 많을수록 좋다. 혁신도 그렇다.

---

반대로 가는 일은 두렵다. 하지만 반대로 가야 선택받을 확률이 높아진다. 반대로 생각하는 습관이 전혀 다른 혁신을 탄생시키는 출발선이다. 사고의 틀에서 과감히 탈출해야 한다.

16

# 약속

約
束

Promise

"다섯 번째 날 동이 틀 때 동쪽을 바라보게."

– 영화 〈반지의 제왕〉의 대사 중에서

약속은 무거운 책임이다. 약속은 행동이다. 함부로 약속하는 습관은 반드시 화를 부른다. 약속의 무게는 천근만큼 무겁다. 약속을 지키지 않으면 책임의 무게는 점점 커진다. 인생은 약속의 연속이다. 입학은 졸업의 약속이고, 취업은 월급의 약속이며, 탄생은 죽음과의 약속이다.

내가 처음 창업한 회사는 동업의 형태였다. 영화나 공연에 투자하는 회사였는데, 젊은 나이의 동업자 5명으로 시작했다. 프로젝트가 많아지자 사무실을 옮겼다. 대표를 맡고 있던 동업자의 친구가 치과를 운영하고 있는 건물이었다. 입지도 좋았고, 조건도 좋았다. 물론 우리 팀과 치과 원장님도 사이좋게 지내게 되었다.

창업 후 동업자 모두 월급을 받지 않고 일하던 시기였다. 다행히 원장님의 배려 덕분에 난 저렴한 비용으로 치과 치료를 받기 시작했다. 치료에 6개월 정도가 걸리니, 치료가 다 끝나고 나서 천천히 갚으라고 했다. 마음이 놓였다. 그렇게 시간이 흘렀다.

회사의 큰 프로젝트가 실패했다. 태풍으로 대형 공연이 취소된 것이다. 우리가 투자한 돈 대부분을 회수하지 못했다. 동업자 간의 갈등이 시작됐다. 대표를 맡았던 동업자는 회사를 폐쇄 조치했고, 우리는 쫓겨났다. 화가 난 나는 치과 치료비용을 갚지 않았다. 엉뚱한 곳에 화풀이를 한 것이다.

그렇게 7년이 흘렀다. 집에서 쉬던 날, 부주의로 손가락을 베었다. 손가락 사이의 신경이 끊어졌다. 응급실에 가서 7바늘을 꿰맸다. 몇 주가 흐르고 실밥을 푸는 날이었다. 바빠서 치료받은 병원에 들르지 못했다.

외근 나온 곳의 근처 병원을 찾았다. 7년 전 그 치과 근처였다. 아직도 치과 간판이 걸려 있었다. 마음이 아팠다. 실밥을 풀고 은행을 찾았다. 그리고 나름 7년 치 이자까지 계산한 갚지 못한 치과 치료비를 출금했다.

돈을 들고는 한참 동안 치과 앞을 서성였다. 도저히 원장님을 뵐 엄두가 나지 않았다. 봉투를 하나 구해서 내 명함과 현금을 함께 병원 우편함에 넣고 집으로 돌아왔다. 집으로 돌아오는 길에 전화가 왔다. 치과 번호였다. 떨려서 받지 못했다. 잠시 후, 문자가 한 통 도착했다. 치과 원장님이 보내신 문자였다.

"김우정 사장님! ○○치과 ○○○ 원장입니다. 이렇게 연락을 주니까 놀랍기도 하고 고맙기도 하네요. 아무쪼록 잘 지내기를. 시간 될 때 치과로 놀러 오세요."

"사람만이 사용할 수 있는
족쇄가 있어, 말."

– 애니메이션 〈신세기 에반게리온新世紀エヴァンゲリオン〉의 대사 중에서

안노 히데아키庵野秀明는 일본 애니메이션 역사상 가장 성공한 감독이다. 그의 대표작은 〈신비한 바다의 나디아ふしぎの海のナディア〉, 그

리고 세계 애니메이션 역사에 한 획을 그었다고 평가받는 〈신세기 에반게리온〉이다.

이런 성공을 거둔 안노 히데아키에게도 실패의 역사는 존재했다. 1987년 그는 〈왕립우주군王立宇宙軍〉을 세상에 내놓는다. 〈왕립우주군〉은 훗날 〈신세기 에반게리온〉을 탄생시킨 작가주의의 도전이라고 평가받는다.

하지만 흥행에 참패했다. 처절한 패배였다. 어느 날 안노 히데아키에게 한 기자의 날카로운 질문이 날아들었다. 그런 막대한 제작비와 투입된 노력에 비하면 너무 난해하고 거대한 스토리로 요즘 트렌드에서 이탈한 실패작 아닙니까? 잠시 생각에 잠겼던 안노 히데아키는 대답한다.

"지금 이 시대의 일본이라면 이만한 애니메이션은 있어야 한다고 생각해서 만들었습니다."

실패는 약속을 깨는 일이 아니다. 실패는 오히려 약속을 지키는 과정이다. 〈왕립우주군〉은 안노 히데아키에게 큰 실패였다. 그렇게 8년의 시간이 흘렀다. 그는 전력을 다해 〈신세기 에반게리온〉을 세상에 내놓았다. 대성공이었다.

그는 약속을 지켰다. 이 시대의 일본에 걸맞은, 아니 그보다 뛰어난 작품을 창조했다. 〈신세기 에반게리온〉은 일본의 전설이 되었다. 그리고 〈왕립우주군〉도 전설의 조각이 되었다.

상대의 약속만큼 나와의 약속도 중요하다. 나와의 약속은 말이 아니라 몸으로 지키는 것이다. 몸이 움직여야 습관이 바뀌고, 습관이 바뀌면 생각이 바뀌고, 생각이 바뀌면 행동이 시작된다.

생각이 행동을 지배하는 것이 아니라, 행동이 생각을 창조한다. 약속도 습관이다. 일단 행동하고 나의 몸을 어딘가에 집중하는 습관이 중요하다.

몸이 움직이면 생각이 정리된다. 몸을 움직이는 환경으로 보내자. 그러면 습관이 바뀔 것이고 생각이 바뀔 것이다. 생각이 둔해지면 고착화되고, 새로운 변화를 받아들일 힘까지 사라진다. 힘이 없으니 쉬운 길만 찾고, 남을 이용하는 일이 자연스러워진다. 소위 사기꾼이 되는 것이다.

움직이지 않는 것은 죽은 것이다. 멈추면 약속을 지킬 수 없다. 지금 바로 움직이는 습관을 만들자. 습관이 약속을 생육한다.

신뢰는 계절과 같다. 약속은 신뢰를 만드는 씨앗이다. 신뢰가 구축되면 계절이 돌아오듯 반드시 기회가 찾아온다. 한번 베푼 호의는 바로 잊고, 한번 받은 호의는 평생 기억하라. 그것이 신뢰의 본질이다.

# 5 이름 미식회

17. 언력

言力 / Wording Power

18. 기회

機會 / Chance

19. 진정성

眞情性 / Authenticity

17

# 언력

言
力

Wording Power

"해답은 질문 속에 있다."

– 영화 〈파인딩 포레스터Finding Forrester〉의 대사 중에서

말과 글은 힘이 세다. 언어의 힘言力은 권력이다. 짧은 글 몇 개로도 통찰은 발현된다. 커뮤니케이션 전문가인 황인선 작가는 저서《생각 좀 하고 말해줄래?》에서 지금 시대에는 제대로 말하는 사람이 의외로 없다고 말한다. 글도 마찬가지이다.

언어의 힘을 만드는 가장 좋은 방법은 은유, 즉 메타포metaphor이다. 메타포의 어원은 전이轉移, metastasis이다. 전이란 다른 곳에 새로운 세포를 만드는 것이다. 은유는 다르게 복제하는 것이다. 은유법이란 '숨겨서 비유하는 수사법'이다. 인생은 여행이다. '구름은 보랏빛

색지 위에/마구 칠한 한 다발 장미'* 등이 대표적인 은유다.

은유는 인생을 바꾼다. 네덜란드의 한 걸인이 기차역 앞에서 구걸을 하고 있었다. 그는 시각장애인이었다. 그는 구걸하는 동전 통 앞에 '나는 앞을 보지 못합니다. 도와주세요'라고 쓴 푯말을 세워두었다.

그 앞을 지나던 한 여성이 푯말을 집어 들어 글자를 바꾼다. 이후 갑자기 평소보다 수십 배나 많은 돈이 동전 통을 채운다. 그녀가 바꾼 푯말에는 이렇게 쓰여 있었다. '나는 봄이 와도 봄을 볼 수 없습니다.'

언어의 힘은 기억하는 힘이다. 일반인은 평생 몇 개의 단어를 사용하며 살까? 트윈워드Twinword, 언어처리 기술을 바탕으로 키워드 리서치 툴과 검색엔진최적화 컨설팅을 제공하는 회사에 따르면 보통 사람들이 평생 익히는 단어의 수는 대략 2만 5천 개쯤 된다고 한다. 하지만 언어를 직업으로 삼는 소설가, 예를 들어 셰익스피어 같은 경우 작품에 사용된 단어 수만 2만 5천 개가 넘는다. 많은 연구자들은 이를 근거로 셰익스피어가 알고 있던 어휘는 이보다 훨씬 많을 것이라고 추정하고 있다.

* 1947년 간행된 시집 《기항지》에 실려 있는 김광균의 시 〈데생〉 중에서.

언어의 힘은 단어를 기억하는 습관이다. 단어는 이야기로 기억해야 한다. 우리의 뇌는 크게 4개의 영역으로 구분된다. 이 중 측두엽은 이야기 저장소다. 우리의 뇌는 중요한 정보를 이야기의 형태로 측두엽에 기록한다.

인지심리학자인 로저 생크Roger Schank와 로버트 아벨슨Robert Abelson은 이야기야말로 지식 축적의 핵심이며, 우리 뇌는 이야기를 훨씬 오래 기억한다고 말한다.

이야기는 힘이 세다. 오래 기억되기 때문이다. 간단한 측두엽 실험을 해보자. 잠시 눈을 감고, 초등학교 2학년 시절을 떠올리자. 1년간 내 옆자리에서 함께 생활한 짝꿍의 이름이 생각나는가? 잘 생각나지 않는가?

그럼 다시 그 시절 즐겨 보던 만화 주인공의 이름을 떠올려보자. 들장미 소녀의 이름은? 피구왕의 이름은? 플란다스의 개의 이름은? 개의 이름은 알겠는데 사람이었던 소년의 이름이 아직 생각나지 않는가?

연극은 이야기다. 연극배우들은 대사를 외워야 한다. 수천 개의 단어를 통째로 암기한다. 머리가 좋아서 가능할까? 아니다. 극 중의 캐릭터가 되어 나를 다른 사람으로 바꿀 뿐이다.

연극 〈삼류배우〉를 보면 주인공이 햄릿의 대사를 통째로 외워서 1인 5역으로 연기하는 장면이 나온다. 기립박수가 절로 나오는 장면이다. 언어의 힘은 이야기로 기억할 때 강해진다.

말과 행동 사이에는 바다가 있다. 말과 글은 힘이고 권력이다. 말과 글을 훈련하면 분명히 삶이 윤택해진다.

"만들 수 있어서 만들었다."

– 영화 〈프로메테우스Prometheus〉의 대사 중에서

언어는 근원이 어원이다. 어원을 공부하면 내가 알던 언어가 다르게 보인다. 통찰이란 단어의 어원은 뭘까? 통찰은 한자로는 '洞察', 영어로는 'insight'다.

한자의 어원은 '밝게 살핀다'는 뜻이다. 국어사전에는 통찰이 '예리한 관찰력으로 사물을 꿰뚫어 봄'이라고 정의되어 있다. 그럼 영어는 어떨까?

인사이트는 한 단어가 아니다. 자세히 보면 'insight'는 두 개의 단어다. 'in + sight'로, 안을 본다는 뜻이다. 눈으로는 안을 볼 수 없다. 우리는 눈으로 상대의 심장을 볼 수 없지만 심장이 뛰고 있다는 사실

은 믿는다. 안을 본다는 것은 꿰뚫어 보는 것이다. 미루어 짐작해서 확신하는 것이 통찰이다.

실험의 어원은 뭘까? 실험은 영어로 'experiment'다. 3개의 단어가 결합됐다. 접두어 'ex'는 밖으로out of, 능가beyond라는 뜻이다. 중간의 'peri'는 둘레, 주변, 울타리를 뜻한다. 접미사 'ment'는 라틴어 'mentum'에서 유래했으며, 뜻은 행위의 결과다. 실험이란 '울타리 밖으로 넘고 있는 상태'다.

경험도 마찬가지다. 영어에서 경험과 실험은 접미사만 다르다. 경험experience의 접미어는 'ence'다. 뜻은 상태 또는 품질이다. 경험이란 '울타리 밖으로 나가 일을 벌이는 상태'다. 한자로 실험實驗은 열매를 맺는 시험이고, 경험經驗은 사상이 되는 시험이다.

두 단어는 짝을 이루며 만들어졌다. 실험이 없으면 경험도 없다. 경험은 실험을 통해 완성된다. 단어는 모두 연결된다. 단어를 보지 말고 어원을 찾자.

단어는 분해하면 새롭게 보인다. 단어는 기호로 분해된다. 기호는 다시 기표記表, signifiant와 기의記意, signifié로 구분된다. 기표와 기의는 기호학자 페르디낭 드 소쉬르Ferdinand de Saussure가 정의한 언어학

용어이다.

기표는 기호의 지각 가능하고 전달 가능한 물질적 부분이다. 기의는 이와 반대로 수신자의 내부에서 형성되는 기호의 개념적 부분이다. 기표에 기의가 결합되어 기호가 된다.

사과를 보자. 사과는 영어로 'apple애플', 중국어로 '苹果핑구오', 프랑스어로 'pomme뽐므', 일본어로 'リンゴ링고'다. 사과의 기표는 고정되어 있지 않다.

기의 또한 마찬가지이다. 사과를 보고 창세기의 선악과를 떠올리는 사람, 뉴튼의 사과를 생각하는 사람이 있는 반면, 애플사의 로고를 떠올리는 사람도 있다. 기표와 기의는 시시각각 변한다.

기표와 기의가 변하면 단어의 뜻도 변한다. 브랜드도 기표와 기의로 분해된다. 브랜드의 본질도 기호이기 때문이다. 페이스북이라는 브랜드를 분해해보자.

기표는 'Facebook'이다. 거의 전 세계 공통이다. 기의는 매우 다르게 나타난다. 좋아요, 친구, 공유, 댓글, 태그……. 당신의 페이스북은 무엇인가?

카드 뉴스는 가장 일반적으로 사용되는 브랜드 커뮤니케이션 도구다. 카드 뉴스는 디지털 리터러시 시대에 언어의 힘을 연습하기 위한 가장 좋은 도구다.

카드 뉴스를 기호로 보고, 기표와 기의로 분해해보자. 기표는 크게 3가지로 구분된다. 제목title, 내용text & image, 상징font & logo이다. 마찬가지로 기의도 3개로 구분된다. 소재material, 이야기story value, 서술방식description이다.

기표의 제목은 다시 라인line, 태그tag, 링크link로 구분된다. 기의의 소재는 다시 '공분'과 '공감'으로 분해되고, 이야기는 '갈등'과 '은유'로 분해되며, 서술방식은 '시점'과 '문체'로 분해된다. 나머지 내용도 뚫어지게 관찰하면 누구나 잘게 분해할 수 있다. 잘게 쪼갤수록 본질에 쉽게 접근할 수 있다.

"넌 누구야?"

– 영화 〈너의 이름은君の名は。〉의 대사 중에서

언어의 힘은 좋은 이름을 만들 때 유용하다. 좋은 이름은 인식을 바꾼다. 애플의 이름을 파인애플로, 삼성의 이름을 오성으로, 현대의 이름을 미래로 바꾼다고 우리가 알고 있던 인식은 바뀌지 않는다. 좋은 이름이란 얼마나 쉽게 인식되는지로 결정된다.

좋은 이름의 특징은 크게 3가지다. 첫째, 좋은 이름은 유일한 이름이다. 유일한 이름은 검색에 강하다. 소비자가 찾기 편하다. 둘째, 좋은 이름은 잘 인식되는 이름이다. 우리의 뇌는 이름의 뉘앙스를 먼저 기억하고, 이후에 뜻을 궁금해한다. 엉뚱한 단어라도 쉽게 기억된다면 좋은 이름일 확률이 높다.

마지막으로, 좋은 이름은 오래 기억되는 이름이다. 듣고 바로 잊어버리는 이름은 경쟁력이 없다. 보고 듣는 순간 강한 인식을 만들고, 호기심을 일으키는 이름이 오래 기억된다. 오래 기억되는 이름은 다시 찾게 될 확률이 높다. 결국 유일성, 독특한 개성, 기억 선호도를 모두 갖춘 것이 좋은 이름이다.

회사의 이름을 지을 때 멋진 의미를 담는 일에 골몰하지 말자. 애플apple은 사과이다. 그럼 파인애플pineapple이 더 좋은 뜻일까? 삼성三星은 별 세 개이다. 그럼 오성五星이 더 좋은 뜻일까? 현대現代보단 미래未來가 좋은 걸까?

만들 때의 뜻보다 만들어진 후의 인식이 훨씬 중요하다. 불러줄 때야 비로소 이름이 되고, 많이 불러주는 이름이 힘을 갖는다.

———— 언어는 수천 년 동안 굳어진 약속이다. 언어의 본질을 공부하면 약속의 힘을 배울 수 있다. 언어의 기원을 찾아 공부하는 습관을 가져보자. 분명히 깊어지는 생각을 느낄 수 있을 테니.

18

# 기회

## 機會

Chance

"시도란 없어.
하거나 안 하거나 둘뿐이야."

– 영화 〈스타워즈〉 '요다'의 대사 중에서

기회는 소중한 순간이다. 기회는 자주 찾아오지 않는다. 잡는 일도 쉽지 않다. 아무리 노력해도 기회를 만나지 못하면 큰 성과는 이루기 힘들다. 기회를 만나기 위해서는 준비가 필요하다. 낚시를 생각해보자. 낚시는 크게 3단계로 이루어진다. 채비-미끼-챔질이다.

채비란 낚시의 장비를 준비하는 일이다. 날씨와 수질, 어종 등을 고려해서 가장 적합한 낚시를 준비하는 일이다. 기회를 잡으려면 늘 채비를 해야 한다. 언제 어떤 기회가 올지 모르기 때문이다. 큰 물고기를 잡기 위한 채비를 하면 작은 물고기도 낚을 수 있다. 채비는 '큰 그림big picture'을 그릴 줄 아는 능력이다.

채비가 끝나면 미끼를 준비해야 한다. 미끼는 크게 2종류다. 떡밥과 낚싯밥이다. 떡밥은 물고기를 잡을 용도가 아니다. 물고기를 모으기 위한 용도다. 물고기가 모이지 않으면 잡을 수 없다. 떡밥은 기회가 찾아오게 만드는 홍보 능력이다.

낚싯밥은 물고기가 무는 미끼다. 그러니 낚싯밥은 개인의 경쟁력이다. 기회를 잡기 위한 채비는 나의 매력을 알리고, 그에 걸맞은 실력을 갖추는 일이다.

채비를 갖추고 미끼까지 띄웠다. 그리고 큰 물고기가 미끼를 물었다. 그럼 기회를 잡은 걸까? 아니다. 아직 물고기는 물에 있다. 물고기가 내 어망에 들어올 때까지 챔질을 시작해야 한다.

챔질은 물고기와의 승부다. 미끼는 물었지만 물고기는 도망가기 위해 사력을 다한다. 나도 물고기를 잡아 올리기 위해 사력을 다한다.

챔질은 매우 체계적인 밀당이다. 물고기가 도망가려고 할 때는 낚싯대를 올리면 안 된다. 줄이 터지기 때문이다. 물고기가 도망갈 때는 낚싯대를 내리면서 낚싯줄을 감아올려야 한다. 대는 내려가지만, 줄은 짧아진다. 줄이 짧아지는 만큼 물고기는 나와 가까워진다.

이런 과정을 반복하면 물고기는 힘이 빠진다. 그때가 낚싯대를 힘껏 올릴 타이밍이다. 그리고 물고기가 수면 위에 보이면 뜰채를 준비해야 한다. 방심하면 다 잡은 물고기를 놓친다. 기회는 확실하게 잡을 때까지 집중해야 내 것이 된다.

챔질은 협상력이다. 기회와의 밀고 밀리는 흥정이다. 미끼를 물었다고 급하게 낚싯줄을 끌어올리면 기회는 도망가 버린다. 기회의 힘과 나의 핵심경쟁력을 함께 느껴야 한다.

힘의 균형이 맞을 때쯤 내가 숨겨둔 히든카드를 던져야 한다. 챔질은 히든카드를 꺼내놓을 타이밍을 아는 능력이다. 이제 물고기가 내 손에 들어왔다. 그럼 낚시가 끝난 걸까?

인생에 큰 기회는 몇 번 찾아오지 않는다. 큰 기회를 잡을 확률은 그만큼 높지 않다. 그럼 어떻게 확률을 높일 수 있을까? 채비-미끼-챔질을 잘 준비하는 것도 좋은 방법이다. 기회는 공평하게 찾아오니까.

하지만 그것만으로 안심할 수는 없다. 큰 기회가 반복적으로 찾아오게 만들어야 한다. 그것이 기회를 꾸준하게 잡는 마지막 준비다. 그 마지막 준비란 기회가 스스로 찾아오게 만드는 기술, 브랜딩이다.

브랜딩은 매력을 만드는 작업으로 기회가 나를 반복적으로 찾아오게 만드는 기술이다. 브랜딩은 내가 찾아가는 것이 아니라, 남이 나를 찾아오게 만드는 능력이다. 마치 십 리 밖에서 꽃을 찾아 날아드는 벌과 나비처럼, 기회가 나를 찾아오게 해야 큰 성과를 만들 수 있다.

꽃은 벌과 나비에게 찾아오라고 손짓한 적이 없다. 그저 은은한 향기를 반복적으로 내뿜을 뿐이다. 그 향기에 취한 벌과 나비는 꿀을 먹기 위해 꽃으로 날아든다.

아름다운 꽃의 색과 모양 때문이 아니라 은은한 꽃향기 때문이다. 브랜딩이란 은은한 꽃향기를 반복적으로 뿜어내는 능력이다. 나를 브랜딩하는 기술을 퍼스널 브랜딩 또는 개인 브랜딩이라고 부른다.

개인 브랜딩 방법의 핵심은 말과 글이다. 말하기와 글쓰기가 결국 개인 브랜드의 경쟁력을 만든다. 말하기와 글쓰기는 훈련을 통해 예리하게 다듬을 수 있다. 말하기와 글쓰기는 유창하고 수려한 것이 본질이 아니다.

중요한 것은 반복적으로 훈련하는 일이다. 말하기와 글쓰기의 본질은 훈련이다. 말하기와 글쓰기 훈련이 습관화되면 예리해지고, 예리해지면 다듬어지고, 다듬어지면 매력이 된다.

지금 꾸준히 말하기와 글쓰기를 훈련하고 있는가? 먼저 읽고, 듣고 그리고 쓰고 말해야 한다. 학문의 성과는 논문을 써야 완성되고, 사업의 성과는 문서로 발표할 수 있어야 인정받기 마련이다.

“두려움은 직시하면 그뿐,
바람은 계산하는 것이 아니라
극복하는 것이다.”

– 영화 〈최종병기 활〉의 대사 중에서

기회는 공평하다. 기회는 누구에게나 찾아온다. 성과를 올리는 사람들은 기회를 볼 줄 안다. 기회는 누구나 살 수 있는 복권이다. 하지만 누구나 복권에 당첨되는 것은 아니다. 기회는 행운처럼 찾아온다.

하지만 잡지 못하면 거품처럼 사라진다. 기회를 잡지 못하는 가장 큰 이유는 완벽한 기회만 찾기 때문이다. 완벽한 기회란 없다. 위험이 없는 기회도 없다. 그래서 위기도 기회가 될 수 있다.

2012년, 사업의 큰 기회를 만났다. 6년 동안 혼자서 고군분투하던 사업의 투자가 확정됐다. 나보다 경험과 실력이 월등한 동업자를 만났고, 그의 자금으로 새로 법인을 설립했다. 나의 2번째 회사였다.

동업자는 굴지의 대기업 CMOchief marketing officer를 역임했던 분이고, 명성도 높았다. 덕분에 2012년 8월, 주요 고객과 파트너 150분을 모시고 사업보고회를 열 수 있었다. 세상에 우리 사업의 성과를 드러내는 큰 행사였다. 그런데 태풍 '볼라벤'을 만났다.

보고회 전날, 우리 행사가 열리는 시간에 태풍이 서울을 관통한다는 뉴스를 봤다. 암담했다. 준비한 노력이 물거품이 될 수도 있었다. 초대한 손님들에게 많은 관심과 참여를 바란다는 문자를 보냈다. 취재가 예정된 언론에도 직접 연락을 돌렸다. 태풍이 비껴가기를 기도하며 잠이 들었다.

보고회 당일, 태풍은 여지없이 서울로 들이쳤다. 난 폭우를 뚫고 행사장을 찾았다. 홍보물을 설치하고, 리허설을 진행했다. 준비한 모두가 불안에 떨고 있었다. 다시 고객들에게 문자를 보냈다. 세찬 비를 맞고 전깃줄에 앉아 있는 참새의 사진과 함께였다.

직원들과 출연진을 다독이며 행사 준비를 독려했다. 지인들 몇 분이 행사장에 입장했다. 그래 저분들만 모시고 진행해도 괜찮다고 위안했다. 단 한 분의 고객만 있어도 상관없다, 중요한 건 행사의 내용이니까.

행사 15분 전, 객석에는 20여 명의 관객만 앉아 있었다. 동업자는 행사 취소를 조심스레 제안했다. 난 오신 분들께라도 최선을 다하자고 설득했다.

행사 5분 전, 엘리베이터가 열리더니 사람들이 쏟아져 들어오기 시작했다. 순식간에 150석이 가득 찼다. 행사장 위치를 안내한 홍보물이 태풍에 날아가는 바람에 많은 분들이 시작 시간에 임박해서야 행사장 위치를 찾은 것이었다.

나는 떨리는 손으로 마이크를 잡았다.

"여러분, 고맙습니다. 지금 계신 이곳이, 태풍에서 가장 안전한 곳입니다. 행사를 시작하겠습니다."

행사는 성황리에 끝났고, 우리의 이야기는 업계에 큰 파장을 일으켰다. 우리 회사의 이름이 고객들에게 크게 각인되기 시작했다.

행사 1년 후, 회사는 450%의 매출 신장을 기록했다. 그날의 경험은 위기를 대하는 나의 태도를 바꾸어주었다. 태풍을 만나면 바람을 직시해야 한다. 어느 영화의 대사처럼, 바람은 계산하는 것이 아니라 극복하는 것이기 때문이다.

위기를 직시해야 성장할 수 있다. 직시하면 눈앞의 위기 뒤에서 희

미하게 빛나는 기회가 보인다. 기회가 보이면 전진할 수 있다. 전진해야만 기회를 잡을 수 있다.

---

자기확신이 없으면 기회를 잡을 수 없다. 자기확신은 꾸준한 훈련으로만 만들어진다. 지금도 우리가 모르는 사이에 수많은 기회가 나를 지나친다. 자기확신은 기회를 잡는 뜰채다.

19

# 진정성

眞
情
性

Authenticity

"포기 안 합니다.
절대 포기 안 합니다."

— 영화 〈변호인〉의 대사 중에서

진정성이란 작은 일에도 최선을 다하는 마음이다. 맹수는 작은 사냥감을 잡는 일에도 목숨을 건다. 진정성은 속이지 않는 마음이다. 세상에서 가장 무서운 사람은 정직한 사람이다. 진정성은 무섭다. 남을 속이지 않으면 내가 속을 일도 없다. 정직하게 진심을 다하는 사람이 세상에서 가장 무섭다.

이성은 차갑다. 이성은 속지 않으려고 한다. 진심은 따뜻하다. 상대의 칼을 보지 못한다. 차가운 이성은 이야기가 되지 못한다. 이야기가 되지 못하면 기억되지 않는다. 기억되는 힘이 진심이다. 이성과 진심이 만나면 진정성이 태어난다. 진정성은 말하지 않아도 전해지는 진짜 마음이다. 세상의 모든 감동은 진정성이 만든다.

디디에 드로그바Didier Yves Drogba Tébily는 2000년대 아프리카 축구를 대표하는 스트라이커였다. 그의 국적은 코트디부아르, 내전이 끊이지 않는 나라였다. 드로그바는 잉글랜드 프리미어리그 첼시 소속으로 아홉 번의 결승전에서 9개의 결승골을 넣은 아프리카의 영웅이었다.

2006년 독일 월드컵 아프리카 예선에서 코트디부아르는 드로그바의 활약으로 사상 첫 월드컵 본선에 진출한다. 카메라 앞에서 인터뷰를 하던 드로그바는 간청한다.

정부군과 반군의 내전으로 국토가 분단되어 70만 명 이상의 난민이 발생한 나라를 위해 슈퍼스타는 진심으로 무릎을 꿇는다. 수많은 카메라 앞에서 그는 진심을 담아 말했다.

"여러분, 단 1주일만이라도 전쟁을 멈춰주세요."

드로그바의 눈물 어린 호소와 눈부신 활약으로, 전쟁은 거짓말처럼 멈췄다. 1년 후, 정부군과 반군은 기적처럼 평화협정을 체결했고, 5년간 끌어오던 내전은 거짓말처럼 끝났다. 많은 사람들이 축구를 전쟁에 비유한다. 하지만 드로그바는 축구로 전쟁을 끝냈다. 간절한 마음이 기적을 만든 것이다.

진정성은 따뜻함이다. 미국의 심리학자 해리 할로우Harry Harlow는 '접촉 위안contact comfort'을 실험했다. 갓 태어난 새끼 원숭이를 엄마와 떼어놓은 후, 한쪽에는 가슴에 우유병을 단 차가운 철사 인형을, 다른 한쪽에는 부드러운 헝겊으로 둘러싸여 있는 인형을 놓아준다.

원숭이는 배가 고플 때만 철사 인형에서 우유를 먹고, 헝겊 인형 곁에 붙어 떨어지지 않았다. 따뜻한 접촉이 배를 채우는 것 이상으로 중요하다.

진정성은 생명을 살린다. 2010년 3월, 호주 시드니에서 귀여운 쌍둥이 남매가 태어났다. 그러나 안타깝게도 한 아기는 태어난 지 20분 만에 사망진단을 받는다.

사망선고를 들은 엄마가 의사에게 부탁한다. 한 번만 안아봐도 될까요? 엄마는 환자복을 벗고 온몸의 체온을 담아 죽은 아이와 작별인사를 나누기 시작했다.

"엄마의 심장소리가 들리니? 엄마는 널 많이 사랑한단다."

바로 그때, 아이의 몸에서 작은 움직임이 느껴진다. 급히 달려온 의사는 죽은 아이의 반사행동일 뿐이라고 말했지만, 엄마는 포기하지 않고 모유를 건네기 시작했다. 두 시간 뒤, 아기는 작은 손을 뻗어 엄마의 손가락을 잡았다. 엄마의 포옹으로 사망선고를 받은 아기가 기적처럼 살아난 것이다. 엄마의 진정성이 아이의 생명을 살렸다.

진정성은 쉽게 비판받는다. 진짜인지 거짓인지 누구도 판단할 수 없기 때문이다. 하지만 실망할 필요는 없다. 진심은 도전의 이야기이기 때문이다. 좌절이 없으면 성공의 이야기도 있을 수 없다. 위기와 실패는 진실로 극복하면 된다. 진정성은 나와 세상을 바꾼다.

《중용中庸》 제23장은 우리에게 진정성의 힘을 알려준다.

'작은 일도 무시하지 않고 최선을 다해야 한다. 작은 일에도 최선을 다하면 정성스럽게 된다. 정성스럽게 되면 겉에 배어 나오고, 겉에 배어 나오면 겉으로 드러나고, 겉으로 드러나면 이내 밝아지고, 밝아지면 남을 감동시키고, 남을 감동시키면 이내 변하게 되고, 변하면 생육된다. 그러니 오직 세상에서 지극히 정성을 다하는 사람만이 나와 세상을 변하게 할 수 있는 것이다.'*

"내 글씨는 아직 말하기에 부족함이 있지만,
나는 70 평생에 벼루 10개를 밑창 냈고,
붓 일천 자루를 몽당붓으로 만들었다."

— 추사 김정희 《완당평전》 중에서

진정성은 전략을 만나야 완성된다. 전략은 차갑지만 촘촘하다. 전략의 목적은 전쟁의 승리다. 승리를 위해 전투를 계획·조직·수행하는 큰 차원의 계획이다.

영국의 군사역사학자 리델 하트Basil Henry Liddell Hart는 '전쟁의 목적은 살육이 아니다. 적을 항복시키는 것이다. 전략이 적의 저항 의지를 마비시킬 수 있다면, 살육은 필요 없다'고 말했다. 전략은 피 흘리지 않는 승리다.

전략은 비군사적 분야에서도 응용되고 있다. 특히 기업의 경영분야에서 크게 발전했다. 존스홉킨스대학교의 경영사 교수였던 알프레드 챈들러Alfred Chandler는 경영전략을 '기업의 장기적 목적 및 목

* 其次致曲, 曲能有誠, 誠則形, 形則著, 著則明, 明則動,
기차치곡 곡능유성 성즉형 형즉저 저즉명 명즉동
動則變, 變則化, 唯天下至誠爲能化.
동즉변 변즉화 유천하지성위능화

표의 결정, 이들 목표를 실행하기 위하여 필요한 활동방향과 자원배분의 결정'이라고 정의했다. 그는 책《보이는 손The Visible Hand》으로 1978년 퓰리처상역사 부문을 수상했다.

현대적 의미의 전략이란 승리를 목적으로 필요한 활동방향과 자원배분을 결정해서 경쟁자를 항복시키는 행동이다. 전략은 경쟁이 있어 존재한다.

하버드대학교의 마이클 포터Michael Porter 교수는 전략의 경쟁요인을 새로운 진입 기업의 위협, 대체재의 위협, 구매자의 교섭력, 공급자의 교섭력, 기존 기업 간의 경쟁의 5가지로 정의한다.

기업은 5가지 경쟁요인을 통해 시장의 현황과 미래를 읽을 수 있고, 시장의 여러 신호를 판단해서 대응전략을 설계할 수 있다. 마이클 포터는 기업이 경쟁우위를 가지기 위해서는 본원적인 3가지 전략이 필요하다고 주장한다. 3가지 전략이란 원가 우위 전략, 차별화 전략, 집중화 전략이다. 그럼 전략은 어떤 순서로 설계될까?

전쟁이란 속임수다.《손자병법》은 고대 중국의 병법서로, 동서고금을 통틀어 가장 훌륭한 전략 지침서라 평가받는다. 조조는 병법서 중에서《손자병법》만이 가장 심오하다고 극찬했다.《손자병법》〈시계始計〉편에는 전략 수립의 순서에 관한 좋은 지침이 나온다. 바로 '도천지장법'이다.

전략의 시작은 도道, 즉 뜻을 세우는 일이다. 뜻은 의지고, 비전이다. 사업을 시작한다면 왜 사업을 하는지부터 명확히 해야 한다. 돈을 왜 벌어야 하는지를 명확히 해야 한다.

뜻을 세웠다면 전략을 펼칠 때를 결정해야 한다. 행동의 적절한 시기를 결정하는 일이 천天이다. 뜻이 좋아도 시기를 놓치면 패한다.

지地는 위치를 결정하는 단계다. 전쟁에서는 전장이고, 경영에서는 시장이다. 아무리 좋은 뜻과 시기를 잡았어도, 내가 싸워 이길 수 없는 곳에서는 전쟁을 할 수 없다. 해군이 공중에서 싸울 수 없고, 한국어 강사가 미국에서 성공하기 힘든 이치와 같다. 내부적으로는 나의 현재 위치와 역량을 냉철하게 분석해야 한다.

뜻과 때와 위치까지 결정했다면 나가서 싸울 장수를 선임해야 한다. 장將은 적임자를 뽑아 권한을 위임하는 단계다. 장의 본질은 적재적소와 권력분산이다.

전략의 마지막 단계는 법法이다. 법은 제도이자 시스템이다. 시스템은 체계적이어야 한다. 좋은 시스템은 때와 장소, 사람이 바뀌어도 문제없이 작동되는 유기체다.

"칼에 피가 흐르게 할 것이냐,
아니면 칼이 되겠느냐."

– 영화 〈역린〉의 대사 중에서

아무리 전략을 잘 세워도 세상일은 뜻대로 되지 않는다. 2008년의 일이다. 한 대기업 인사교육팀에서 큰 프로젝트를 의뢰받았다. 너무 좋은 기회라 초반 손해를 감수하고 정성을 다했다. 문제는 고객사 매니저의 태도였다. 예술가에게 무례한 요구를 하는 행동이 반복되었다. 우리 회사 직원이 이 문제를 정중하게 항의했다.

직원이 울먹이는 목소리로 전화를 했다. 인격적인 모욕을 당했고, 심지어 욕설까지 들었다고 했다. 화가 났다. 고객사 매니저 전화번호를 받았다. 통화버튼을 누르기 전에 생각했다. 침착하자, 전략이 필요하다. 내가 선택할 수 있는 행동의 가짓수를 머리에 그렸다. 그리고 예상 가능한 반응을 모두 적은 후, 최선의 행동을 선택했다.

나 : 여보세요?

갑 : 네, 대표님 안녕하세요. (상당히 상냥했다)

나 : 네, 잘 지내셨죠? 직원에게 보고를 받았…….

갑 : (대뜸) 그러게 말이에요! 어떻게 그렇게 건방질 수가 있죠?

나 : (옳거니) 욕설을 들었다고 하던데요?

갑 : (머뭇거리며) 네, 그럴 수밖에 없었네요…….

나 : 사과하실 거죠?

갑 : 뭐라고요? 대표님 미치신 거 아니에요??! (욕도 했다)

나 : 그럼 상무님과 통화하겠습니다. (딸깍)

내가 상무와 통화를 했을까? 하지 않았다. 내가 예상한 시나리오는 본인 스스로의 입으로 갑질을 상사에게 보고하는 매니저의 행동이었다. 내가 전화할지도 모른다는 불안감에 매니저는 (너무나 고맙게도) 상무를 직접 찾아가 자신의 행동을 당당하게 보고했다. 결과는? 상무가 나에게 전화를 했고, 며칠 후 우리는 사과를 받았다.

물론 피해도 있었다. 고객사 매니저는 그날 이후 우리에게 프로젝트를 의뢰하지 않았다. 사과는 했으나 본인이 가진 권력을 끝까지 놓지 않았던 것이다.

한때 이 사건을 술자리에서 자랑했던 적이 있지만, 이제는 그러지 않는다. 결코 훌륭한 전략이 아니었기 때문이다. 나는 사과를 받고 고객사 매니저를 진심으로 용서하지 않았다. 이성이 감성에 패배했다. 내가 나에게 졌다.

세상에는 전략이 필요 없는 순간이 더 많다. 명백한 잘못을 저질렀을 경우에는 더욱 그렇다. 잘못은 진심으로 인정해야 수습된다. 세상에는 피해를 주고 사는 사람들이 많다. 가해자들에게 신의 한 수는 없다. 세상에 잘못을 없앨 수 있는 전략은 없다. 무릎 꿇고, 정성을 다해 사과하고, 충분한 죗값을 받는 길이 최선이다.

영원한 승리는 없다. 따라서 영원한 전략도 없다. 신의 한 수가 존재할 수도 있다. 하지만 그 또한 영원한 전략은 될 수 없다. 전략의 함정은 지속가능함을 맹신하는 일이다. 치밀한 전략이란, 최악의 수를 두고도 최선을 좇는 치열함이다. 이기는 전략이란 신의 한 수를 잊고, 인간의 불완전함을 완성하기 위해 계속 걷는 것이다.

0이 마침의 숫자라면 1은 출발의 숫자다. 시작은 결국 끝에서 다시 출발한다는 믿음이 있어야만 가능하다. 누구나 알지만 아무나 실행하지 못하는 것이 다시 시작하는 일이다.

기적이란 어제를 발판으로 내일을 시작하는 일이다. 기적은 출발하는 '1'에서 시작한다. 우리가 사는 디지털 세상은 0과 1의 조합으로 구성되어 있다. 과학자들은 이 세계를 '0과 1의 전쟁'이라고 말한다. 우리는 오늘도 전진과 멈춤, 액셀러레이터와 브레이크의 전쟁을 치르는 중이다.

고 정주영 현대그룹 명예회장은 1998년 노년의 나이에 1,001마리의 소떼를 몰고 판문점을 넘어 북한을 방문한다. 판문점을 넘기 전, 그는 임진각에서 당시의 소회를 이렇게 밝혔다.

"한 마리의 소가 1,001마리의 소가 돼 그 빚을 갚으러 꿈에 그리던 고향산천을 찾아간다. 이번 방문이 남북 간의 화해와 평화를 이루는 초석이 되기를 진심으로 기대한다."

정주영의 고향은 지금은 북한 땅이 된 강원도 통천군 아산리다. 그는 17살 때 아버지가 소를 판 돈 70원을 훔쳐서 고향을 떠났다.

나는 여기서 그가 가진 힘의 실마리를 찾았다.

우리의 모든 목표는 늘 0이라는 숫자로 끝났다. 하지만 정주영은 달랐다. 1976년 우리가 처음 만든 자동차 포니의 10만 대 수출을 기념하는 자리에는 '100,001대 수출 기념'이라는 현수막이 걸렸다.

17살의 나이에 아버지의 소 한 마리 값을 갚기 위해 몰고 간 소도 1,000마리가 아니라 1,001마리였다. 그에게 1이라는 숫자는 자신과의 진정한 맹세가 아니었을까?

완벽한 것은 하늘의 길이고, 완벽하고자 노력하는 것은 인간의 길이다. 사람은 완전하지 않다. 사람이 만드는 일도 완전할 수 없다. 완전해지는 유일한 길은 진정성이다.

이성과 감성의 균형을 맞추면 내가 바뀐다. 균형은 군사를 움직일 때는 질풍처럼 날쌔게 하고, 나아가지 않을 때는 숲처럼 고요하게 있는 것이다. 균형만이 진정성을 성과로 만든다.

———— 진심이라는 단어가 왜곡된 세상이다. 진심은 말이 아니다. 진심은 행동으로만 증명할 수 있다. 작은 약속을 지키는 것이 진정성을 만드는 유일한 방법이다.

# 에필로그

나는 잡놈이다. 잡놈은 나를 비하하는 단어가 아니다. 너무 많은 분야에서 일을 한 경력을 한 번에 소개하기 힘들어서 내가 찾은 자구책이다.

축제 기획, 공연 제작, 문화마케팅, 기업교육, 웹툰 제작, 광고, PR, 마케팅 캠페인, 영화와 드라마 제작까지. 내가 걸어온 길은 외길이 아니었다. 앞으로도 그럴 것이다. 그래서 나는 잡놈이다.

나는 야자수를 좋아한다. 야자수는 싹이 틀 때 잡초처럼 보인다. 그래서 생존 확률이 그리 높지 않다. 하지만 살아남은 야자수는 수백 년을 산다. 소나무, 전나무, 오동나무도 멋있지만 나는 야자수를 더 좋아한다.

세상에는 화초보다 잡초가 더 많다. 나는 화초처럼 사는 길에 재미를 느끼지 못한다. 비바람을 맞고, 발에 밟히며 자라는 야자수의 길이

내겐 어울린다. 나에게 잡놈은 야자수의 자유를 아는 사람이다. 그래서 나는 영원한 잡놈이다.

선비의 본분을 잊은 향원鄕原이 넘쳐나는 시대다. 비록 잡놈이지만 내 한 몸과 가족을 건사하고 남는 힘은 조금이나마 사회의 균형을 위해 쓰려 한다. 사업의 공동체인 종대, 주민, 정훈, 진실과 공부의 공동체로 살고 있는 우성, 유진, 원우, 천일에게 감사 드린다.

또한 나의 멘토가 되어주신 황인선 작가, 스승이셨던 신병철 대표, 마음의 스승이신 미륵선원 큰스님께 큰절을 올린다. 그리고 이름을 말할 수 없지만 함께 더 좋은 민주주의를 위해 애쓰고 있는 동지들에게 이 책의 영광을 돌린다.

마지막으로 나의 감성과 지식의 공동체인 클럽미나리의 영일, 태훈, 정아, 광희, 재훈, 계명, 수진, 지원, 은영, 당신들이 있어 내가 꿈을 꾸고 있다는 진심을 전한다.

나를 아는 모두에게 포스가 함께하기를.

부족한 책, 실컷 욕해주시기를.

# 기획자의 생각식당

**초판 1쇄 인쇄일** 2021년 04월 23일
**초판 1쇄 발행일** 2021년 05월 03일

**지은이** 김우정
**발행인** 이지연
**주간** 이미숙
**책임편집** 정윤정
**책임디자인** 이경진 권지은
**책임마케팅** 이운섭 신우섭
**경영지원** 이지연

**발행처** ㈜홍익출판미디어그룹
**출판등록번호** 제 2020-000332 호
**출판등록** 2020년 12월 07일
**주소** 서울시 마포구 독막로18길 12, 2층(상수동)
**대표전화** 02-323-0421
**팩스** 02-337-0569
**메일** editor@hongikbooks.com

**제작처** 갑우문화사



**ISBN** 979-11-9142-015-9 (03810)